头 的

老

师

Mr.Bald

小饭 ——— 著

作家出版社

图书在版编目（CIP）数据

我的秃头老师/小饭著. —北京：作家出版社，
2016.4

ISBN 978-7-5063-8880-1

I.①我… II.①小… III.①长篇小说—中国—当代
IV.① I247.5

中国版本图书馆 CIP 数据核字（2016）第 077776 号

我的秃头老师

作　　者：小　饭
责任编辑：丁文梅
装帧设计：好谢翔
出版发行：作家出版社
社　　址：北京农展馆南里 10 号　　　　　邮　　编：100125
电话传真：86-10-65930756（出版发行部）
　　　　　86-10-65004079（总编室）
　　　　　86-10-65015116（邮购部）
E-mail:zuojia@zuojia.net.cn
http://www.haozuojia.com （作家在线）
印　　刷：北京市通州运河印刷厂
成品尺寸：140×200
字　　数：140 千字
印　　张：7
版　　次：2016 年 6 月第 1 版
印　　次：2016 年 6 月第 1 次印刷
ISBN 978-7-5063-8880-1
定　　价：35.00 元

序 / 我的不秃头的老师

这本书主要写一个我虚构的老师，以及虚构的师生情。当然还有更多、更荒诞的故事情节。

但是大家都知道，艺术创作是有原型的。我对富有学养、很有个性的年轻老师的想象，其实是来自我的初中班主任，一个在我心里永远充满活力、也很有趣味的男孩子。这几年我也常常跟他联系，偶尔喝酒，谈谈人生和过往。

在一个恰当的时候，某一位老师（导师）的出现，对于一个懵懂的小朋友，多少会有些影响的。

下面这些都是回忆，请允许我用天真、调皮，甚至自恋的口吻，来讲一讲我这位至今没有秃头的老师。

一

1994 年 8 月 30 日，第一次见老诸，我 12，他 23。牛仔裤和 T 恤衫的打扮，刚从大学毕业，嫩得很。他在讲台上收学费的时候，我正跟刚认识的同学在教室的最后排叽叽歪歪。

老诸突然走到我面前指了指我的鼻子说："你给我坐到第一排。"

后来点名的时候老诸吓了一跳，原来那个话特别多的小个子男生——我，竟然是班里的状元。可是因为我的不良表现，他还是没让我当班干部。我当然打算用我的实力征服他。我就像是跟人赌气般用功学习，期中考试，我还是第一名，算卫冕了。老诸再不给我个小官当，他都不好意思了吧。我也不是有官瘾，只是觉得被人瞧不起，尤其是被班主任瞧不起挺难受的。可是班长职位有人了，那人规规矩矩、忠心耿耿；副班长职位有人了，那人是个有钱人家的小孩儿，成绩也不赖；数学课代表、语文课代表、英语课代表……统统都有人，那些人还都没什么毛病。老诸也一定很苦恼，班里成绩最好的是平民，这起不到表率作用，尤其是在班会课。

最后他突发奇想，在一次班会课上突然宣布："小饭，你来当'班级委员长'。"

"班级委员长"，这是什么名头？老诸真滑稽。

好吧好吧，看来是个闲职，我也就屈就啦。得到了"官位"，我本性毕露，就再也没有努力读书的动力了……

当期终考试结束，成绩下来后，老诸一生气，顺利把我撤了职。

二

我不努力读书，但也有努力的项目。学校里到处都是乒乓球桌，我便沉迷于打乒乓球。因为我打得实在太好了，同龄人被我一个一个打趴，我快感如潮，成就感非凡，自信心膨胀。当然年级里还有一些高手跟我实力相当，只有天完全黑了才能停止我跟他们的巅峰对决。在我的拍下，多少红双喜牌的乒乓球变成了冤魂！大家都评论说我的削球比丁松还出色（其实丁松那时候还没怎么出名，但上海乡下的球迷也知道他）。

一天，老诸找我谈话："小饭啊，你告诉我，你打乒乓球能打到世界冠军吗？"

"我正在努力！"

"乒乓板没收！"老诸看我没有悟到他的言外之意，生气极了。

我一脸落寞地走出了办公室，心想，老诸你等着，今天晚上我一定要戳破你的自行车车胎。

这个计划没有成功，黄昏的时候我才发现老诸是走路回家的。

他原来连一辆自行车也没有。

三

老诸文绉绉的，尽管骂学生的时候嗓门很大，可一个大老爷们儿光嗓门大还是不够有说服力。

没料到后来老诸用另外的方式说服了我。

他说他要对我们进行素质教育。嘿！他还真是走在时代的前沿。一个录音机，一盘旧磁带，他拿着它们来到了教室。

"同学们，今天不上课，让你们听歌。"

曾经任"班级委员长"的我，被要求在黑板上抄歌词。

那是一首什么歌？《真的汉子》，林子祥演唱。林子祥是谁我们都还不知道，帅不帅也要打问号。

"做个真的汉子……做个真的汉子……做个真的汉子……"

激昂的旋律、令人振奋的歌词蛊惑了一群少男的心，大概那些少女也是喜欢的。这首歌我哼唱了足足十二年。

人生总结：我这么鲁莽、任性、倔强的性格，全是因为青春期没听对歌……以致后来有好几次在血脉贲张的时候，跟人打架。

四

有一次老诸当堂点评了我的作文。只因为我在文中引用了钱锺书的一句话。钱老先生，他的偶像。那时候我已经开始在区的作文报上发表作文，但要不是引用了一句钱老先生的名言，恐怕老诸不会对我刮目相看。小荷才露尖尖角啊，一颗冉冉升起的文学新星啊，有没有？老诸觉得有。我以为他要开始真正地栽培我。他请我去他家做客，吃他亲自下厨做的难吃得要死的蛋炒饭。

我勉强说了饱，又继而勉强说了好吃。擦完嘴，我就被他带进那间充满了油墨味道的书房。破书房里塞满了他从图书馆廉价收购的书。他笑着对我说："你喜欢读什么书，随便挑……"

蛋炒饭虽然不好吃，这些可以"随便挑"的书还是让我满意的。那时候我感觉自己仿佛来到了银行的保险库。慧眼识珠，我都没怎么考虑，第一本就挑了《废都》。

"这本你还不适合看……"老诸说。

我看出了他眼神中的犹豫，但我用实际行动告诉他，人生不容犹豫。

"我偏要！"一个后撤步加上凌空鱼跃，我把那本"黄书"揽入怀中，做视死如归状，勇士成功了。

人生总结：我这么好色、这么流氓的性格全是因为青春期没看对书……如果没记错，看完《废都》我就开始发育了。

一个暑假过后我长高了五厘米。

五

暑假过后是寒假。寒假过后，我又长高了五厘米。

老诸结婚的消息传了出来。

老诸开始造房子，建设家园。不然拿什么迎娶新娘呢？他那时候二十四了吧，人生的第二个本命年。在可能请不起工人的情况下，带着我们一帮学生去他家敲砖头（以充三合土）。要不是乡村老妇老汉们法律意识淡薄，他绝对不可能得逞。

我们很傻很天真，觉得班主任家里的事就是我们学生的事，班主任家里有困难我们义不容辞。

老诸的家就在学校不远处，我们一路唱着歌推着小车，随着老诸晃晃悠悠地前行。老诸也很鬼，选的都是"劳动课"，不然就是"活动课"，学校领导睁一只眼闭一只眼。到了目的地，我们干劲十足，热火朝天，砖头被击打的声响别提有多么动人！

回忆和梦境里，我通过那些黑白的镜头跟他保持着联系。

【1】

法国大革命，波涛汹涌。我的历史老师说这句话的时候唾沫飞溅，直冲我们的面门。我们的老师还说，这场声势浩大的革命具有浓烈的浪漫色彩。我们看到各自脸上的口水，觉得真是太浪漫了。

今天是开学的第一天，我穿着崭新的裤子和衣服，听着世界近代史老师的课程，我突然对这个大革命有了浓厚的兴趣，竟然拿出一本笔记本。以前我是从来都不记笔记的。准确地说，使我产生兴趣的既不是世界近代史这门课程，也不是大革命本身，是我的老师说到了拉瓦锡。不管怎么说，我觉得这个人很有意思。

我开始记录这段法国的历史；老师说什么，我就写什么；老师说到了拉瓦锡，我就更深情地凝望他——在那个时候，他讲到的就是我的兴趣所在啦。

老师说，拉瓦锡小学毕业的时候，很想当一名艺术家；

中学毕业的时候，很想当一名企业家；等他到大学里，他就转而要当一名化学家了——你说这个人有意思哇？这每一个梦想都伴随着拉瓦锡的成长，同时也让他备受折磨。比如说，他因此经常失眠。失眠还不算，失眠多梦才是真正可怕的。在他小学的时候，今天梦到五线谱，明天梦到画鸡蛋。传闻达·芬奇就是靠画这个起家的。但是拉瓦锡决定画番茄起家；然后有一天他就梦到他和达·芬奇两个人一起烧番茄炒蛋。梦里的情形十分糟糕，满屋子的油烟，什么都看不见，但是拉瓦锡却是五迷三道地炒啊炒的。老师说，这些就是一个艺术家所要付出的代价。

小学毕业的时候，拉瓦锡在毕业典礼上得到了发言的资格。老师说，此时的拉瓦锡，类似柏原崇在《一吻定情》里的角色。

拉瓦锡站在学校最高的礼台上，威风凛凛，他说：

"我是拉瓦锡，五年二班，今年就要毕业了。我很想在长大以后投身于艺术事业，至于哪一种艺术，是画画，还是唱歌，我犹豫不决。我相信我在这两方面都有天赋，试问，一个没有天赋的人，怎么可能成为一个艺术家呢？"

拉瓦锡发完言以后，就开始读中学了。

有一天班里有个女生喜欢上了他。照拉瓦锡的说法是：试问，有哪一个女孩子不喜欢艺术家呢？当然那时候拉瓦锡离艺术家这个行当还很远。可脸皮很厚的拉瓦锡还说：试问，又有哪个正常的男孩子不喜欢漂亮的女孩子呢？

拉瓦锡觉得那个喜欢艺术家的女孩子很漂亮，还会打网球。这在当时也是一种特长，甚至能加分。多么多才多艺的好女孩子啊，多么难能可贵啊。拉瓦锡就想，等这个女孩子向他表白以后，立刻接受，毫不犹豫，并时时刻刻给机会让她表白。最后就在巴黎网球中心的一块网球场上，女孩子向他表白了，完成了拉瓦锡多年来的心愿。拉瓦锡觉得，作为一个艺术家，一定要有一个漂亮女孩子相陪伴。虽然拉瓦锡不会打网球，但那一次打得也是很尽兴，尽兴的时候还不忘记说："I am OK."

但就在那次打网球的经历之中，拉瓦锡却遭受了平生第一次重大的挫折。

那个女孩子的手臂并不算太粗壮，但是小姑娘家家的爆发力很惊人，在回一个拉瓦锡质量很一般的高球时，她十分不客气地狠命扣球，然后这个势大力沉的球重重地击在拉瓦锡的脸上，当场把拉瓦锡击晕了过去。女孩儿赶忙跑过来说："小拉，小拉，你没事吧？快醒醒啊，别吓唬我。"一边说，一边重重地抽拉瓦锡的耳光，希望能抽醒拉瓦锡。后来当拉瓦锡的嘴里吐出了两粒小小的门牙，就醒了过来。

女孩儿看到拉瓦锡张开嘴巴的时候门牙不见了，不管是网球敲掉的，还是她巴掌抽掉的，都与她有直接的关系，就拼命地道歉。

而拉瓦锡觉得一个弱女子的小手只能抚摸人的皮肤，绝伤不到里面去，就认定是那个该死的网球所致，也没责怪女孩儿。他从地上爬起来后，就去踩那个死网球，一下子就将其踩扁，嘴里还嘀咕："试问，这么软的一个网球，怎么可能敲掉我坚硬的门牙呢？"

　　这个生平的第一个劫难让拉瓦锡学会了用怀疑的态度来看待这个世界。他的那句口头禅就更是从思想上跟他匹配起来了。

　　拉瓦锡跟那个女孩子谈恋爱后，花钱如流水，手头一直都很紧张，还经常找一些哥们儿借钱，搞得很没有面子。这时候他晚上做的梦里番茄炒蛋显然少了，经常是他一个人眼睁睁看着银行，坐在银行门口和拿着手枪的叔叔探讨问题，他靠这个来追忆他的似水流钱。梦醒时分，拉瓦锡觉得路漫漫其修远，而我们不能没有钱。从这个时候起，他就开始放弃当艺术家，决定改行做老板，当一名企业家。

　　在拉瓦锡读中学的时候，他的同学们都既不想当艺术家，也不想当企业家，每天只顾着看各种小说，例如莎士比亚写的黄色小说，兼备武侠和古典的希腊古代神话，都是那时候比较流行的畅销书。

　　老师在这里顿了一顿，说："比现在的什么卫慧、安妮不知道好看多少。"

　　拉瓦锡也跟他的女朋友去借来看，如你所知，他们都是穷光蛋，只能借而买不起。如果你看书够快的话，借书是一种比较划算的办法，可惜拉瓦锡看书很慢。（他看书就像看现在的股市行情一样，他大概认为刚刚看过的那行字会随着时间的推移而出现涨跌变化。老师又打比方道。）相反，他的女朋友看书奇快，简直就是一目十行。他们俩看书的时候，拉瓦锡经常是满头大汗，看完了一页就不停地喘粗气。

尽管是这样，还是被他的女朋友提醒道："看书这么慢，今天看不完明天你去还。"

拉瓦锡觉得这样拖累人家不好，而且看书慢实在不是一个好习惯，决定痛改前非，练习阅读速度。拉瓦锡的女友也有相同的认识，非常支持拉瓦锡练习阅读速度的决定，于是在那一天，女友让他站在一排树前面，规定他在五秒钟之内，数清楚上面停着几只鸟。虽然这种训练跟读书关系不太大，但他们显然很投入。可是拉瓦锡眼珠子猛转了五秒钟，还是数不出来，痛苦得几乎要哭。他转身跟他女朋友瞎说道："大概有一百来只。"他说完了还自言自语，"试问，又有谁能数得那么清楚呢？"

他的女朋友狂笑一阵子，然后捡几块小石块儿，使劲掷向那片树林，结果小麻雀就掉落下来。女孩子说："美味的烤麻雀肉啊……数不出来就不让你吃。"

不让吃不要紧，拉瓦锡只是很奇怪，为什么轻而易举地就能致鸟于死地。他甚至还觉得，他女朋友这样做是不是太残忍了？他女朋友叫夏什么的，像女朋友叫他小拉一样，他叫他女朋友夏娃。

夏娃真残忍。拉瓦锡看着那只躺在地上奄奄一息的麻雀愤怒地想。

　　拉瓦锡很快就要中学毕业了。虽然经过了训练，但是他
看书的速度依然很缓慢，而说"试问"这两个字的频率却直
线飙升。他不停地在老师的办公室里试问——他认为在考大
学这个重要时期，一定要努力，不然就只能当个体户了；而
他的要求是要当一名企业家，所以一定要进一所好的大学深
造。他暂时忘记了番茄炒蛋，也暂时忘记了追忆他的似水流
钱，只是不忘记试问。因为拉瓦锡已经丢了他的两粒门牙，
所以他试问的时候会从口中鼓出一阵风。拉瓦锡当天吃鱼，
就出鱼风；当天吃虾，就出虾风；当然喝酒，就出酒风，然
后整个办公室就像食堂一样充斥着饭菜味道。这还不算，拉
瓦锡身材高大，肺活量也很大，一个试问经常能刮倒一叠作
业本子，让那些倒霉的老师不得不重复地将作业本子从地上
捡起来。后来老师们有了经验，等拉瓦锡试问前夕，就一个
纵身扑倒抱住桌上的作业本。不知为什么，拉瓦锡看到这种
场面就会会心地微笑，简直有点儿变态。除了变态之外，他
还像一切负心的男人一样，为了自己的企业家前途而抛弃了
自己的夏娃，他的漂亮女朋友。拉瓦锡卑鄙地认为，女朋友
总是会有的，就像面包总是会有的，企业家总是会有的一
样。最重要的是要进一所好大学。（当时拉瓦锡填报的是赫
赫有名的巴黎大学。）
　　想着想着，拉瓦锡就甜蜜满足地睡着了。

老师没把拉瓦锡的故事讲到大学里，这堂世界近代史的课就草草结束了。我埋头做着笔记，没想到老师走到了我的前面，跟我说："瞧你上课一直记着东西，你都记了些什么啊？"

如你所知，上级都很关心下级的工作学习情况，为的是将来升职加薪拍更上级的马屁。但是老师这个职业有点儿困难，我的意思是：一个学校那么多老师，名额又那么有限，不太容易。

老师又跟我说："你这密密麻麻的是什么啊？"这时候他已经离我咫尺距离，他的体味也迎面扑来——他喝过酒了，也抽过烟了，估计还是骆驼牌，我偶尔也抽抽的那种。他的味道很明显，男人味也十足，几乎让我爱上他。假如我爱上他，不仅是师生恋，还是同性恋，绝对是能轰动的电影题材。他想要看我的笔记本子，我就大大方方地让他看。但我没有回答他问题。

"这些都是我说的吗？"他的话好像是自言自语，从而使这句话包含了幽默感——明明都是他刚刚在课上说的，现在这时候又要抵赖。不过老实说，不管是我记的，还是他说的，我总觉得离考试的大纲相去甚远，也许这就是历史老师的风格吧。历史老师总是那样出色。根据我的经验，历史老师的风格都那么明显：不是秃子，就是三角眼。我的这个历史老师不仅是秃子，而且还是三角眼，基本上就是历史老师的楷模。

老师说："没想到我讲的内容还有点儿意思。"然后摸了摸我的脑袋。要不是我跟他不熟，我一定冲上去揍他。我最恨别人碰我的头了。此外，如果我没有猜错的话，他这是在勾引我。

然后他就走了，没有收到我的一句回答。

不管怎么说，这堂历史课是有点儿意思，从此我对世界近代史就更有兴趣了。我期待着下一堂课的来临。我轻轻地合上我的本子，将在下一堂历史课上重新打开它。

【2】

　　我所盼望的第二堂历史课来临了。老师说："起立。"然后我们听话地都立了起来。我们注意到，老师的发型没变，还是那样秃，但是他却穿了很鲜艳的衣服。

　　老师说道，让我们继续讲拉瓦锡——他如愿以偿地考上了巴黎大学，美中不足的是：他原本想学经济，但是经济实在是太热门，拉瓦锡没进成。后来拉瓦锡就进了化学系。拉瓦锡得到通知的那天晚上狂叫："老子怎么能进这个没出息的系呢？"这句话要是让后来成为他同学的同学知道的话，一定要了他的命。但事实是，这不是拉瓦锡的劫难，而是整个巴黎大学化学系和化学系的教授们的劫难。
　　拉瓦锡进化学系之初，一度心灰意冷，觉得他那个企业家的梦想遥不可及了，但是他马上又对化学产生了兴趣。这事情简直就是没缘由。拉瓦锡对化学产生了兴趣以后，又经常跑到化学系主任的办公室里试问，整死了不少头发花白的老教授：有的教授被整得胸闷咳嗽；有的被整得连连腹泻；也有的竟然几天内都不排泄——也就是说，被整得便秘了。这些教授都对拉瓦锡感冒无比，往往一见拉瓦锡进来就抱着书说是去研究了。后来这一套没有了新意，一个教授被拉瓦锡拖住问："老师是往哪里去研究？"

"实验室啊。"老头子谨小慎微地说。

"我可不可以跟你一起去玩玩？"拉瓦锡基本上还是童心未泯，像一个孩子缠着叔叔。

"那里啊，有很多很多毒气的。"

"那我更应该去，我总不放心老年人冒这个险。"然后这个善良的理由把老教授吓得半死，可他再也不能阻止，只好让拉瓦锡跟着去。这个老教授用手心贴住额头，自认失策。

在实验室里，拉瓦锡盯着这个老教授的一举一动，有时候问："为什么要把这个石头放进大试管啊？"有时候问："这个大试管是不是太小啦？"还有时候就感叹："这个试管真好看，给我玩玩吧。"这个老年人神经过度紧张，两只手抖个不停，后来竟然把那个很好看的大试管打破了。拉瓦锡马上变得很生气，因为他刚刚还想玩玩的，现在什么都玩不了了。

教授于是说："我不是故意的，真抱歉啊。"他甚至以为拉瓦锡要他赔一个。但是拉瓦锡只是点点头，拾起大试管，把它放进口袋里面。第二天教授们惊异地发现那个破了的试管居然被拉瓦锡修补好了。教授们赞叹道："除了外观不美之外，简直就是一个奇迹。"这个赞叹给了拉瓦锡更大的信心。而且这个试管经过多方传阅，一直传到了学校的展览馆，其他大学的教授们也是交口称赞，拉瓦锡的名声一振再振，反反复复地振，振了很多次以后，几乎也把那些知名教授整得差不多了。

唯一没有被整死的就是系主任普利斯特。这个普利斯特胡子花白，两耳下垂得很厉害，总的来说，面目慈善。但往往是这种人，心底里面最阴暗，也最懂得圆滑处世。这也就是普利斯特能混到系主任这个地步的原因之一吧。

那天拉瓦锡在普利斯特的办公室里试问道："普利斯特先生，试问，火是什么玩意儿？"倒不是拉瓦锡心血来潮，这个问题他已经问了好些老教授，总是得不到令他满意的回答。

普利斯特一脸崇敬地表示："火，那是这世界上最伟大的元素。"

"那么这个最伟大的元素的原子量呢？是多少呢？普利斯特老师。"

普利斯特说："像白云一样轻，像钢铁一样重。"说的火好像是个怪物一样。

拉瓦锡耐心地继续问："试问，它的原子量到底是多少呢？"

普利斯特果然是个老狐狸，很狡猾，王顾左右而言他道："小拉同学，你怎么没门牙啊？这么奇怪。"

拉瓦锡坦然说道："是被一个网球击掉的。"

普利斯特马上接上去说:"试问,网球那么柔软,怎么能随随便便就击掉了你的门牙呢?"

"这也是我正在考虑的问题啊,普利斯特老师。"

说到这里,普利斯特就让拉瓦锡先回去把这个问题想想清楚。拉瓦锡只有一根脑筋,让他回去他就回去了。但是他想了半夜也没得出答案,睡不着觉,觉得很痛苦,就像一根鱼刺堵住了喉咙一样难受,他就跑到大街上去了。

那时候大街上气氛诡异,情侣们正在窃窃私语,这使拉瓦锡怀念起他的打网球的女朋友来。他慢慢地放慢脚步,沉醉在他的初恋回忆中。突然有一条狗迎面从他身旁蹿过,像一阵妖风。拉瓦锡大惊,心想:小狗啊,逆向行驶多危险,万一被马车撞一下不就没啦?他转身看去,看清了那条狗,因为那条狗停下了脚步。它身材一般,但看上去蛮强壮的,最大的一个特点是:这条狗是个秃头。(老师说,唉,和我一模一样。)奇怪的是,这条狗完全停了下来,还朝拉瓦锡转过身来,这场景就跟恋人久别重逢一样。拉瓦锡心里咯噔一跳,没等他反应过来,这条秃头狗就呜呜地向拉瓦锡走来,把他当成主人一样亲昵地摇起了尾巴。不知为什么,拉瓦锡突然被感动了,觉得自己应该照顾它,就伸开了臂膀欢迎它。当秃头狗走到拉瓦锡面前时,拉瓦锡满足地笑了。拉瓦锡就此暂时忘记试问网球、门牙、火和原子量了。

拉瓦锡把秃头狗带回了家中,像带了一个情人回家,事实上就是一个情人。秃头狗晚上和拉瓦锡睡在一张床上。拉瓦锡觉得这不是很合适，如果秃头狗是雌性的话，就更不合适了。于是他决定看看秃头狗的尾部，以辨别秃头狗的性别。不出他的意外，果然是雌的，拉瓦锡就萌生了一种负疚感，他自言自语说："试问，让别人知道我和一条母狗同床，别人会怎么说？会说我无耻？"

秃头狗突然轻轻地吠了一声："汪。"

拉瓦锡疑惑地看了看秃头狗，又接着说："会说我饥不择食？"

秃头狗又吠了一声："汪。"

拉瓦锡说："你别吵，又不是没给你吃饱。难道你又饿了？"

秃头狗这次吠了两声："汪。汪。"就蹿到了拉瓦锡的床上。

拉瓦锡看看它，自我解嘲道："你想睡床？"

"汪。"

拉瓦锡当它想睡床，就说道："那好，为了避嫌，那我就睡地板吧。"

"汪。汪。"

"你不同意？"

"汪。"秃头狗摇头晃脑。

拉瓦锡渐渐懂了，横了横脑袋，大概，"汪。"就是同意，是；"汪。汪。"就是不同意，不是。

"这也太邪门了吧？"

"汪。"秃头狗似乎看出他明白了它的意思，高兴地摇起了尾巴。

拉瓦锡严肃地问："一加一等于二？"

"汪。"

"一加一等于三？"

"汪。汪。"

"啊，太神奇啦。你真是天才。"拉瓦锡跷起大拇指。

"汪。"

拉瓦锡高兴得手舞足蹈，捏自己的大腿，发觉疼痛如常，所以没有做噩梦。他想，莫非这狗具有常人甚至是圣人的智慧？能辨别是非？

他问秃头狗："你叫什么名字？"

这回秃头狗一声也没有吠，眼神窘迫地盯着拉瓦锡。拉瓦锡明白了，大概秃头狗只能做判断题，就改了个问法。

"你有没有名字？"

"汪。"

"那你叫什么？"

秃头狗又窘迫地夹住了自己的尾巴。

拉瓦锡决定不再为难秃头狗，以后以小秃为它的昵称。

不久以后，拉瓦锡的注意力又重新回到了普利斯特身上。他觉得普利斯特上次询问他没有门牙的事情，完全是为了蒙他，假惺惺地嘘寒问暖。拉瓦锡想，普利斯特也许根本不知道火是什么东西，说的又是毫无道理，是瞎掰。试问，一个什么也不懂的人，离真理如此遥远的人，怎么能主持巴黎大学化学系的大局呢？

一天，拉瓦锡又走到系办公室的门口，他轻轻地敲了两下门，门就咯吱一声地被推开了。

"普利斯特老师，我是拉瓦锡，又来请教先生问题啦。"

"哦，我认出你来了，可是我现在很忙，你看你看，我正准备下个礼拜的聚会活动。"

"有什么重要任务出席吗？让您如此忙碌，如果这样的话，那就改天吧。"拉瓦锡表现得很有礼貌。

"说来跟化学也有关系，关系倒不是很大。那是一个年轻的古代学问家——哦，岁数不会比你大，可能比你还小，但是在学术界很有威望了，是少年奇才。不知道你有没有听说过商伯良先生，他会在下个礼拜来我们大学做学术交流。下个月他就要去埃及进行他的新研究，所以这次算是为商先生饯行。——你提出的关于火的问题，恕我直言，你该接受书本上的介绍。你知道，你们的课本就是我编的，上面代表了我的意见，所以不要再跟我做无谓的计较了。"普利斯特微笑着说。

"可是书本上说火是一种特殊元素，又没有质量，那为什么它是特殊的，为什么它又没有质量呢？试问一种物质没有质量那又是什么呢？"

"我已经说了，你该接受书本上的介绍，不要跟我再费唇舌，况且我今天的确很忙。"普利斯特有点儿不耐烦。

"呃，那您告诉我那位少年奇才商伯良先生知道原因吗？"拉瓦锡突然想到被普利斯特吹得天花乱坠的商伯良来了。

"不敢肯定，但既然他是奇才，知道的应该比一般人要多。"

"那太好了，我能参加你们的聚会吗？如果可以的话，那我真是太荣幸了。"

"你没有收到邀请，照理不准出席，但通知是我印发的，所以你来好了，但是要注意问问题的时机。"

"真是太感谢您了，教授先生，我走了，再见。"

拉瓦锡就这样离开了，在回去的路上，拉瓦锡想：究竟什么才是问问题的时机呢？

老师听到了下课铃声，拉瓦锡的故事戛然而止，他合起讲义的同时，我也合起了我的笔记本。老师看上去很兴奋，简直有点儿啰唆。他引述别人的对话，好像引述自己的一样，像个平时不太有人愿意与之交谈的老太婆那样。

老师的课是世界近代史，他在黑板上写道：法国大革命。就在写这五个字的时候，粉笔灰已经沾满了他的红 T 恤，天有点儿热，所以他的胸口微微地出了汗，他的背上也出了汗，这些汗把红 T 恤打湿了。这是我在他离开教室时的背影上看出来的。

跟第一节课不一样的是：这次他没有走向我，问我所写的是不是他刚刚讲的，而是径直离开了电风扇微微打着的教室。

我很奇怪，老师教授的课是法国大革命，直到现在为止却讲了两节课的拉瓦锡；除此之外，也只提到了一个普利斯特、一只秃头狗、一个打网球的女生和少年奇才商伯良，这使我的笔记本更像是拉瓦锡的传记。我不知道秃头的历史老师葫芦里卖的是什么药，但我不怕，不管他卖的是什么药，都不会害到我——我身体好着呢。

【3】

第三堂历史课之前，下了很大的雨，从早上一直下到黄昏。中国有一句古话叫作"一场秋雨一场寒"。要降温了吧——我想这一次老师再也不会出汗出得很淋漓，不会把他的红T恤搞湿掉。出乎我的意料，老师走进教室的时候还是浑身湿透了。他还是穿那件红T恤，看来他衣服不多，家里也不阔绰——大学老师都这样。湿透的衣服裹住了他的身子，他很瘦，就跟我一样。我真担心，他这样下去会感冒着凉。但他的脑袋上亮晶晶的，蛮好看。

老师用手当作毛巾抹了一把脸，张开嘴巴感叹道："好大的雨啊。"然后就熟练地翻开了他的讲义。不知为什么，他讲课之前注意了一下我，好像我是倾国倾城的大美女一样。可能我太关心他了，一直对他目不转睛，这不免引起了他对我的怀疑。

老师说，拉瓦锡按普利斯特所说的时间和地点去找少年奇才商伯良问问题，一路上都那么兴奋，但当他在学校的礼堂大厅恭候了一个下午加一个晚上，还是没有等到回答他问题的人时，心情开始变得沮丧。他气愤地想道：莫非是普利斯特这个糟老头子放了他的鸽子？这个普利斯特不仅上次蒙了他一回，这次还竟敢放他鸽子，简直不想活啦。拉瓦锡越想越气，差点儿落下心脏上的毛病。他第二天就要去找普利斯特问问清楚，如果普利斯特还耍花样，他就让小秃去咬他，而且下手要狠。他让秃头狗跟着他出了门。

秃头狗在他那里吃得好睡得好，跟人有一样的待遇，毛色发亮，身体也更壮实，腿脚一如既往地利落。有时候它还被拉瓦锡带到商店瞎逛，在人群中自由穿梭，就像回到了大自然一样。有时候他们来到河边，它就能和它的主人一起洗澡；在小树林里，他们还要捉迷藏。这种种的生活，让秃头狗如入仙境。

那天，它就这样兴致高昂地跟着它的主人出发了。秃头狗觉得，跟着它的主人拉瓦锡，是它这辈子最英明的抉择，不管最后的结果是什么，它都无怨无悔。

但是最英明的抉择往往也包含了最危险的可能。

在系主任的办公室里，拉瓦锡找到了普利斯特。

"我很想问问有关昨天的事情，请您解释一下为什么我按照您的意思，却没有看到什么聚会，也看不到商伯良先生的踪影呢？"拉瓦锡有点儿气愤地问。

"事情大概有变化，我也是昨天早上才接到的通知，说商伯良先生生了什么病，并且病得不轻，这使聚会不得不改期举行。很抱歉，我没有及时通知到你。"普利斯特委婉道来，看上去没有丝毫欺骗拉瓦锡的嫌疑。他说完这句话后发现了蹲在拉瓦锡背后的秃头狗，顿时大惊失色，后退了几步，指着秃头狗说道："拉瓦锡同学，你把一只野狗带到我的办公室里来，是不是很不合适？"他很紧张，说话的声音有点儿颤抖，看上去很惧怕狗这种忠诚的动物。

"哦，普利斯特老师，我以为我把它带进来的时候您已经注意到它了，以为您对此并不介意。那是我估计错误了，很抱歉。但我要向您说明，它并不是一只野狗，而是我拉瓦锡本人饲养的。而且我向您保证，它决不会伤害到您，所以请您不用害怕。"拉瓦锡张开没有门牙的嘴微笑着。

"真的不会伤害到我？"

"是的，先生，我保证。它并不是一般的动物，它是一只神奇的狗，它甚至能辨别是非。"拉瓦锡转过身来，移动了几步，以便让普利斯特先生能完全地看到秃头狗。

"不信您瞧。"拉瓦锡先是面对普利斯特说，然后又半转身对秃头狗说道："一加一等于二？"

秃头狗摇了摇尾巴："汪。"

"它这是在说：对的。"拉瓦锡解释道。

"一加一等于三？"拉瓦锡又问秃头狗。

"汪。汪。"

拉瓦锡再次微笑："它这是在说，不对。神奇吧？普利斯特先生。"

普利斯特紧锁住眉头，还是不能深信："那让我来试试看。"普利斯特小心地走上前一步，轻声对秃头狗说："二加二等于四？"

"请您大点儿声。普利斯特先生，它可能会听不清楚。"拉瓦锡提醒道。普利斯特看看拉瓦锡，又回过头来，加重了嗓音："二加二等于四？"

秃头狗吠道："汪。"

"它说：'对'，先生。"拉瓦锡轻松地说。

"五加六等于十一？"

"汪。"

"三乘四等于十二？"

"汪。"

"四乘四等于十五？"

"汪。汪。"

"它说：'不对'，先生。"拉瓦锡有点儿得意了。

"十六的开方是多少？"

"呜……"秃头狗面露窘迫的表情，好像有人要逼着它吃大便。

"它只能做判断题目，忘了告诉您，先生，真抱歉。"

"哦，是这样。那十六的开方是四？"

"汪。"

……

就这样，普利斯特的题目越问越难，几乎要等同于高等学校入学考试的要求，但聪明的秃头狗还是能够应付自如。

对于偶尔的问题它会思考很长时间，但答案是全对。

"真是神奇，想不到一只狗会有如此之高的智商。"事已至此，普利斯特也只好相信了。

"对这只狗来说，已经不能说是智商的高低了。它就是智慧本身，真理本身。"拉瓦锡开始吹嘘起来，"试问，又有哪一个人能回答您的问题，又能全部答对呢？哪怕是不小心，偶尔答错的一个？唯独只有这只神奇的狗。先生，不瞒您说，我在家里已经问过它上万个问题，没有一个答案是错的。"

"是啊，真是神奇。说实话，要不是自己亲眼所见，谁都不敢相信。"

"既然您已经相信了，不如这样吧，先生。我来请教您问题，还是有关于火的，让这只狗来判断大家说的是不是正确。您看怎么样？"拉瓦锡一本正经地征求普利斯特的意见，希望他能同意。

"这好像不太妥当。你想，狗跟人，到底还是不一样的，不能让狗说了算。人是地球上唯一的智慧生命啊。"

"但这只狗与众不同……它甚至可能具有超越人的智慧。"秃头狗眼睁睁看着它的主人在别人面前夸耀自己，也很得意，一边摇着它的尾巴，一边微微笑。它想自己其实也没什么，就是跟了拉瓦锡吃香的喝辣的。论聪明，也只是一般般，发现它有这个本领的拉瓦锡才是旷世的英雄。

普利斯特自己心里没底，他捋了捋自己的胡子，还是决定拒绝拉瓦锡的提议。万一有个闪失，必将使自己的颜面荡然无存，落入难堪的境地，就像很多其他的老教授一样，被拉瓦锡刁难得完全没了尊严。他不能冒这个险。他在冥冥之中知道一点，站在他面前的这个拉瓦锡，年轻的小伙子，并不是一个泛泛之辈。迟早有一天，他将会有所成就，改变化学界，甚至这个社会，还有普利斯特他本人目前高高在上的地位——一位名大学名教授的地位。所以他必须先下手为强。

"好吧，拉瓦锡同学。我给你一个机会，你带上这只神奇的狗，来参加本周末——聚会的时间已经改在那天——的学术论坛。你可以在聚餐会上郑重地提出意见——你对教科书的怀疑，就是对我本人的怀疑。我现在正式邀请你参加，哦，还有你这条狗。还希望你们不要缺席为好。今天就到此为止，我也只能成全你到这个地步了。"

"普利斯特先生，既然如此，我当然应该接受这个建议。那么好吧，周末再见。先生，我告辞了。"然后拉瓦锡就招呼他的小秃离开了普利斯特的办公室。

在拉瓦锡离开以后，普利斯特紧紧关上了大门。他关门的刹那，注意到门脚有一堆屎，如果没弄错的话，应该是一堆狗屎。普利斯特有种悲愤交加的感觉，心里暗骂。骂完后，他神情紧张，想这下子完蛋了，已经把祸水往自己身上引了。如果这个周末不能解决好拉瓦锡的刁钻问题，甚至自己被问得洋相百出，他系主任的位置就很难保了。他绝对不允许这样的情况发生。这次商伯良来，社会各界的人士都会参加，事关重大。假如他能对拉瓦锡的问题有问必答的话，那倒也算一个美名，可惜他不能——这个他最清楚不过了。普利斯特想到自己有可能会被一个无名小卒搞得名声大败，甚至出局，就有点儿胆战心惊。

但他马上冷静下来：一定有应对的方法——对了，就是那只秃头的狗。就是因为它，才让拉瓦锡今天占尽先机。只要搞掉这条狗，拉瓦锡就仿佛失去了左右手。想到这里，普利斯特没有先前那样慌张了。

"就当是惩罚它随地大小便吧。"普利斯特高兴地自言自语。

离开普利斯特办公室以后，拉瓦锡神采飞扬。他觉得困惑他很长时间的问题就要得到解决，而且是在一个隆重的场合，有重量级的人物注视着他，也许他就快成名了，因为怀疑权威的教科书而名声大噪。他还想，也许他就快成为一个化学家了。虽然艺术家和企业家的梦想一再受到挫折，这次总算是事不过三了。

"拉瓦锡，你就快出人头地啦。"拉瓦锡欢快地喊道。

秃头狗也很快活，它觉得身边的主人能手舞足蹈地走路，那样的快活劲儿，一定跟它大有关系。它一会儿走到拉瓦锡身前，一会儿蹿到拉瓦锡身后，配合着主人愉快的心情，想着自己回家也会有很好的犒赏——它没有想到的是，有一只黑手正在向它伸过来……

在大雨飘泼之中，第三堂世界近代史的课就结束了。我一脸迷惘地记下老师的最后一句话："有一只黑手正在向它伸过来……"老师看了看窗外，雨势没有小下来，他没有雨具，但还是走出了教室的门，把手挡在自己光秃秃的脑袋上，奔进水雾迷茫的大雨之中，潇洒至极。

我现在对整个故事充满兴趣——老师讲的似乎不是什么历史，只是冠以法国大革命的主题。我敢说，像这样教授法国大革命这堂课的，全世界怕只此一家。就是为了这全世界的独苗，我也得充满兴致。另外，他能把多人的对话演绎得如此惟妙惟肖，实在是很不容易啊。

【4】

第四节课开始，老师一进门就有意思地问道："大家说说看，我是什么时候开始秃顶的呢？"这个爆炸性的问题马上引起了全班的大讨论。

"1岁。"

"15岁。"

"20岁。"

有个人说："40岁吧。"这个答案马上被老师骂道："小崽子，我现在才32岁呢。"

突然之间，老师指向了我，问道："你给我说说看。"

"我是今年认识你的，所以你在我心中是今年开始秃的，在我眼里，你秃顶只是一个月前的事情。"

老师意味深长地看着我，仿佛有种恍若隔世的感觉……

不知何时，他又开始了他奇特的授课。

老师说，拉瓦锡为了能在周末的学术交流会上大显身手，天天都在做准备：怕普利斯特当众大打出手时他吃亏，他学会了撩阴锁喉；怕普利斯特来阴的，在饮料中下毒，他在药房购买了银针数枚，用来探毒；怕一帮老骨头认为他太年轻没阅历没辈分，就在自己脸上画了不少的抬头纹和鱼尾纹，还染白了鬓角——这样，对拉瓦锡来说，已经是万事俱备，只欠东风了。

只是在第三天的晚上，小秃不见踪影了。拉瓦锡急得团团转："这小鬼死到哪里去了呢？"他翻箱倒柜，整整翻了半天，找遍了屋子的每个角落，但还是没有结果。拉瓦锡哭丧着脸，他觉得也许从此以后他就失去这位朋友了，激动得都有想哭的冲动，并且马上就哭了出来。哭着哭着，拉瓦锡的眼睛肿掉了，像两个很大的菠萝——他也终于睡着了。

周末晚上的礼堂大厅，拉瓦锡穿戴整齐，手里拿着一叠不算太厚的文件，这点儿文件会帮助他——也许会帮助他揭穿普利斯特。在拉瓦锡眼里，普利斯特只是一个戴着高档眼镜的无知之徒。

普利斯特正在跟一个矮个子——他的肩上有一片黑色鳞甲，拉瓦锡不知道为什么会有这样怪里怪气的装扮，大概这就是特殊人物的特殊象征。再走近一看，拉瓦锡发现矮个子真正的特点——矮个子的左眼比右眼要大两倍，并且会不时地眨眼睛。他一边眨眼睛一边跟普利斯特寒暄道："长辈过奖啦。"

"正所谓长江后浪推前浪啊。"普利斯特仰面捋胡子哈哈大笑。

拉瓦锡走到了两个人面前："后面一句是不是'前浪死在沙滩上'啊，普利斯特先生？"

"哦，拉瓦锡来了。"普利斯特马上紧张起来，字也只吐了几个。

"这位就是推您上滩头的商伯良先生吧？"拉瓦锡面带微笑地向商伯良先生示意。商伯良眼睛眨巴眨巴地点了点头。

"哦，是的。商伯良先生，这位是我校的学生拉瓦锡，他对现行的教科书表示怀疑，并希望与您讨论相关问题。您看，他是不是有点儿妄自尊大？"普利斯特回答了拉瓦锡以后，对商伯良哈腰道。

"可不能这么说。"商伯良又眨巴了一下眼睛，"妄自尊大的人都特别浪漫，不是吗？"

"谢谢商伯良先生的夸奖。我觉得，我们不仅要活着，还要浪漫地活着。试问，生命何其短暂，浪费岂不可惜？每个人都为快乐而活着。不用说伟大的事业，我们只是为这一个单纯的理由，活着快乐，我们就活下去；努力工作快乐，我们就努力下去。没有什么其他特别的原因。"

"说得好啊。"商伯良凑近拉瓦锡，用嘴巴贴住拉瓦锡的耳朵说，"普利斯特先生脑子里长毛毛啦，我更喜欢你啊。"说完身子一欠，用肘轻轻击了击拉瓦锡的胸口，他身上的盔甲"咣咣"发出声音。

拉瓦锡想，这位天才少年果然是调皮的顽童。他再次注意到商伯良身上笨重的盔甲，就直截了当地问："你这个是干什么的？"

"你知道吗？小孩子常常为了不值得开心的事情而开心，不值得伤心的事情而伤心，为不值得的事情而去做。说到底，这是个人的爱好，当然我还可以告诉你，这是一个秘密。"商伯良眼睛眨啊眨的。拉瓦锡猜测：他的眼睛大概也是个秘密。

普利斯特看到拉瓦锡跟商伯良相见如故，就试图打断他们，他高声宣布："现在请大家入席就餐。"

接着几十号人就摸着桌沿向中间挪过去，各自相劝入席。一个长长的椭圆形的餐桌上摆放着各种饮料：上百年的葡萄酒，黑黑的汽水；一叠叠盘子上盛有一堆堆食物，中间放的锅子特别大。（老师说，就像现在的高档火锅盆。）

普利斯特高声向大家介绍说："请大家好好品尝这个汤，这是智慧之汤。"

这十来号本来有头有脸的人此时就顾不了头和脸了，一拥而上地掀开锅盖，想看看智慧到底是什么？这时候拉瓦锡偷偷地从口袋里摸出一枚银针，悄悄地插在他面前的酒杯里。由于化学本来就是他的功课，所以对于如何探毒他还是自有一套的。他拔出银针，看到银针没有丝毫变化，很是得意，举杯豪饮了一口。坐在他斜对过儿的商伯良透过急功近利的人群把这一切都看在眼里，安详地微笑。

"哇，是个狗头。"有人率先掀开了锅子叫道。人们马上窃窃私语，想年老的普利斯特真如商伯良私下和拉瓦锡说的"脑子里有毛毛了"，竟然把狗头当作智慧的象征。

拉瓦锡听到以后喷出口中的酒，站起身子往锅里看，他突然两眼汪汪，鼻子一股酸楚。随后他怒目圆睁地看了看普利斯特，恨不能冲上去使出他撩阴锁喉的功夫。

普利斯特装作轻松地向大家摆摆手，说："这可不是一只普通的狗，它能明辨人世的是非，洞穿宇宙的奥秘，是智慧的本身，真理的本身。拉瓦锡同学可以证明这一点。"他把听众的目光都引向了拉瓦锡本人，拉瓦锡呆愣愣地驻在原地，顿时觉得相求无助。在他的周围有无数陌生的眼光，希望他说出他最好的朋友——秃头狗的奇特本领。让拉瓦锡哽住喉咙的是，秃头狗就躺在他面前的热气腾腾的锅里……（老师说，这也许叫作无奈吧。老师说完，叹了一口气。）

突然之间，大厅里的灯全都熄灭了。房子上面的顶灯，走廊的路灯，四周的壁灯，没有一盏是亮的。人们在黑暗中，纷纷陷入慌乱，到处听到酒杯、餐具落地四溅的叮当声。有几位女士——是些教授的家眷和情人，她们用尖叫声表达她们正在受到威胁。只有商伯良的周围，暗淡的月光通过他身上的鳞甲的反射，使商伯良成为唯一的中心。拉瓦锡注意到，商伯良从口袋中掏出一根棒状物——就像他自己掏出银针一样熟悉——商伯良轻轻举起那根棒状物，在自己的右肩重重一划，火焰生长在火柴上了。

"我早就知道伏打这种电池不可靠。我研究过它的构造，有断路的危险，特别是大规模使用电器的时候——像今晚的盛宴，很容易出毛病。我带上我的火柴棒，穿可摩擦的鳞甲，就是防着这一手。"商伯良不无调侃地说道，四周因为有了火光而迅速地安静下来。

"哦，您真是神奇，商伯良先生。"众人纷纷赞道。

"不要以为电的时代已经来临，伏打的发明还嫩着呢。"商伯良身材矮小，但在他手中火柴光芒的照耀下，显出了他的地位特殊和光彩照人。商伯良擎着一根火柴继续道："不要以为新的时代已经到来，就把过去的火柴都扔掉，也不要把墙上的火柴皮都取下来。（老师说，过去人家就是拿火柴去摩擦墙壁生火的。）不得已的时候，我们还要靠它们来获取光明和希望……啊呀，这东西烧得可真快，就快要烧完了，烫死我啦——喂，德·罗尔邦先生，快把蜡烛递给我一根吧。"

站在商伯良身后的一个人影儿马上递上一根黄颜色的蜡烛，然后餐桌上又回到了光明的时刻。但是由于伏打电池的质量问题引起的这场闹剧，使这次聚餐以后将要进行的学术讨论会议泡汤。拉瓦锡也遭到了感情上的重大打击，已经没有了那股豪迈之气向权威的普利斯特挑战。众人在一种叵测的气氛下用餐完毕。

拉瓦锡正要离席之际，突然被商伯良叫住了。

"拉瓦锡同学，我请你留一下，我有事情跟你商量。你没有重要的事情要回去办吧？"

"哦，我没有啊，您有什么事情要交代呢？"拉瓦锡很困惑地问。

"那你跟我来一下，就在楼上的房间里，我们好好商量一下。"

拉瓦锡在一片烛光之中，跟商伯良上了楼。商伯良突然转身微笑，轻声地说道："你可放心，决不是那种把你最宝贵的狗杀害的卑鄙事情。"

拉瓦锡一阵心跳："您知道这个？"问完之后，商伯良安慰了拉瓦锡几句，但拉瓦锡仿佛仍身陷在一片苍茫之中，魂不守舍。他觉得他已经失去了一件宝物，而这种失去，将是一种永恒的悲哀……

在那间房间里，商伯良用严谨的口气对茫然无措的拉瓦锡说道："现在宫廷内部的局势很混乱——而且没有一个能主持大局的人。女王——就是玛丽·安托瓦内特女王需要有人协助她处理各种事务。你知道，我们哪里还有什么国王？所以女王希望我的朋友德·罗尔邦先生能为她效劳，出谋划策。"说到这里他向身旁的德·罗尔邦先生点头示意。拉瓦锡也向那个陌生人打量一番。原本他也没注意，仔细一看，他差点儿呕出来——在烛光的照耀下，德·罗尔邦先生灰头土脸的，长相丑陋。但拉瓦锡镇定住了，因为德·罗尔邦本人和商伯良都表现得十分严肃。

"我的这位朋友有出众的才能，请相信我。"商伯良继续道，"本来我邀请他协助我进行这次埃及的考察研究，可惜他现在已经无法分身。我见你为人不错，又颇具胆识——你在巴黎大学还有跟普利斯特先生的恩恩怨怨都有人告诉我了——我觉得你能够帮助我完成这项工作。我的意思就是，我希望这次你能陪我一起到埃及，协助我的考察工作。你快考虑一下吧。不过恐怕时间不多，请你尽快做决定。"

拉瓦锡怔住了，第一次见到这位少年奇才，就被他看中相邀一起去埃及考察，不能说不是一种荣幸。在拉瓦锡看来，这个可能岁数还没自己大的人物，倒真是将相之才，说话很注意场合：聊天是一副顽童样子，正经事情又如此之庄重。他对这个巴黎大学也没什么好留恋的，普利斯特让他寒心——不管怎么说，或多或少。他立刻决定跟着商伯良。他想，跟着一位天才，总不会是一件愚蠢的事情。他说："先生，我可以马上给你答复，那就是我将陪你一起去埃及。"

商伯良高兴地开怀大笑，他拍拍拉瓦锡的肩膀，发现那真是一块厚实的肩膀，觉得这个人更可靠了。他的眼睛一眨一眨，一副满意的样子。

不久之后，他们两个就顺利地奔赴埃及这块圣地。

老师讲到这里，铃声也响了起来。老师说："时间赶得正好。"

【5】

　　我们的历史老师这一次是撑着他的腰来到教室里的。他解释这个动作说，他的腰很酸，背很疼。我想是那场很大的雨，把老师淋出病来了。但是老师又说，自从人直立行走以来，总免不了腰酸背痛，想避免这种症状，最好的办法就是四肢行走，返回原始状态。老师微微一笑，把他的三角眼挤成了一条直线。我觉得在变成直线之前，老师的三角眼有时候像我经常穿的三角裤衩儿，有时候像一头芝加哥公牛；在变成直线以后，老师的眼睛像拉瓦锡怀里的银针，或者像商伯良口袋里的火柴棒。不管他的眼睛像什么，我不是很喜欢，我喜欢的是历史老师的秃头。科学家指出，男子秃头，代表了这个男子的性功能非常强劲——也许这就是我喜欢历史老师的秃头的原因吧。

　　老师说，在埃及首都开罗附近的一个小镇上，（老师自言自语道，终于讲到埃及了。）商伯良和拉瓦锡睡在了一起，他们找了一家离金字塔不算遥远的旅店。这时候，拉瓦锡终于发现，商伯良不仅是一个矮个子，两只眼睛会不停地眨动，商伯良还是一个秃子。（老师说，这年头秃头真是泛滥啊。我把这句话理解为性自由和艾滋病的蔓延。）拉瓦锡看到了商伯良的秃脑袋，好像又看到了他喜爱的秃头狗，马上觉得商伯良亲切起来。睡觉之前他小心地摸了摸商伯良的头，就好像回到了从前的日子。

商伯良被弄醒了，转过身来问拉瓦锡："你干什么？想同性恋吗？这地方多的是啊，可你找我就太唐突了。"

"当然不是，我可不是什么同性恋。（老师说，其实谁都不是同性恋，大家只是有这样一种倾向而已。）我只是想问你，你来埃及是要考察什么？是什么勇气让你进行这样一次遥远的旅行？"

"好奇心呗。你知道什么是科学吗？科学就是用大把大把的金钱来满足科学家的好奇心。反正女王陛下对我很信任，愿意拨款子给我，我还能任我的好奇心不断地骚扰我，骚扰我的心肺吗？"商伯良说着说着就开始激动了，"你应该知道，被强烈的好奇心折磨可不是一件痛快的事情，这就跟被强烈的性欲折磨一样难受难忍。"

商伯良还是滔滔不绝："顺便问一句吧，你小子可有过男男女女的经验？"

"没有，绝对没有，我对这个兴趣不是很大。我曾经想当艺术家，后来想当企业家，前一段日子想当一名化学家。先立业后成家，那才是我的打算。"拉瓦锡说到这里不禁勾起了对众多的往事的回忆，例如那个打网球的漂亮姑娘和被她击落的门牙。

"那就太可惜了。男人的一半是事业，也就是好奇心；另外一半是女人，也就是你身体的原始欲望——性欲或者是情欲。少了任何一半，你就不算成功。"商伯良开导他。

"那我也只是暂时不成功，将来会成功的。"

商伯良想想也是，就不加反驳。拉瓦锡本来还想探究商伯良的很多东西，例如眼睛，还有他的女性世界，后面一种还可以作他的前车之鉴，但是想想自己跟他不熟。但他觉得商伯良是一个奇才，既然是一个奇才，总会有复杂的经历，不管什么经历，都会变得很复杂，可能还包含了惊心动魄的恋爱故事。令他困惑不解的是：一个长相比较恶劣的奇才，是不是也这样呢？这一天晚上拉瓦锡就看着商伯良光秃秃的后脑勺睡着了。

开始的一段日子，他们两个人从来都不进行正题，只是到处逛逛，体察当地风俗，但是没有体察出什么来；看看狮身人面像的外部结构，但是也没有看出什么来；想找家酒吧喝酒，也没有找到——这都不要紧，日子还长着呢。

可是一晃十几天就过去了。

有一天起来的时候，拉瓦锡突然因为水土不服，（当然也可能是其他的原因。）喉咙有点儿不舒服，头也有点儿沉——不经常出门的人往往是这样的。拉瓦锡以前最远只到过巴黎市郊，去扫他爷爷的坟墓。这回不仅离开巴黎，还离开了法国，甚至离开了欧亚大陆，也算让他大开眼界。眼界是开了，喉咙却没有开，有很多不可名状的东西塞在拉瓦锡的下咽处，令拉瓦锡很烦恼，但烦恼总不是办法，他想找商伯良要点儿药来吃吃，但发现商伯良早就不见踪影了。拉瓦锡伸了伸懒腰，晃晃悠悠来到走廊上——因为商伯良有来自法国皇宫的身份，虽然这是家小旅店，还是给出了很好的待遇。他们下榻的地方，好歹也算高级的招待所，很舒服，要什么有什么。当时能有的一切应有尽有：卧室，走廊，阳台，卫生间。拉瓦锡惊异地发现商伯良正在走廊上埋头工作，他突然感起兴趣来——在他面前是一位名声显赫的年轻学者呢。对拉瓦锡来说，这次旅行的最大诱惑在于他的伙伴有特殊的地位；学校批准他的休学报告，也是考虑到商伯良在学术界的威望。

商伯良察觉到拉瓦锡的来到，就草草地收起了笔："早啊。"

"先生早，请问先生可有消炎的药？大概是因为水土不服，我得了毛病，也就是说有一定的炎症反应。"

"那个啊，没问题。哪里的炎症啊，让我瞧瞧。"商伯良眨着眼睛站起来，这时候他已经戴好了他的假发。

"喉咙里，浓痰无数，难受死了，啊——"拉瓦锡张开了嘴。

商伯良挥了挥手："真难闻，去刷刷牙，吃饭去，待会儿给你点儿药。"

拉瓦锡洗漱完毕，他们准备去一家小酒馆。一路上拉瓦锡只看到男人在外面买菜，卖肉的摊头上砍猪头的是女人，拉货车的是女人，扛木头的是女人；路过一家人家的时候，拉瓦锡看到里面一个小男人在织布，一个老男人在烧饭，全不见女人的踪影。商伯良提醒道："没看见女人都在外面吗？"

　　"在这儿做个男人也蛮省力的嘛。"拉瓦锡笑道，然后他就笑不动了，因为他看到前面一个角落里有个中年妇女正站着尿尿，他迅速地用双手蒙住眼睛，使他不至于落下流氓的恶名。

　　商伯良倒是很坦然："别害羞，这就是这里跟欧洲大陆不同的地方，这里男女的地位基本相反，男人这样撒尿才是奇观。"（然后老师兴奋地说，这风气真好。）

　　"那男人怎么尿尿？"

　　"就像我们那里的女人一样，蹲着尿。不过考虑到我们是欧洲人，对这里的风俗不甚了解，估计不要紧，但你也要注意。"

　　于是拉瓦锡放下了双手，很幸福很坦然地看着那个女人拎起裤子。

　　他们终于找到了一家用餐的地方，商伯良执意去了二楼的雅座，找了靠窗的位子坐下来，说是可以看风景，然后点了菜。

　　"你好点儿了吧，下午可要陪我去看胡夫金字塔的。身体吃不消也不要瞎撑。"商伯良关切道。

　　"身体没问题，除了时而有浓痰哽住咽喉，一切正常。

我甚至还能跟野兔赛跑。"

"那我就放心了。下午的活动已经安排好了，你只要帮我记录数据和扛我的工具箱——那玩意儿可是沉得很。我看你身体还算强壮，所以不会有问题吧？像我这样的小个子就不适合这样的工作。"

拉瓦锡笑了笑，然后清了清嗓子，马上一口黄色浓痰从拉瓦锡的嘴里喷射而出，直奔窗外，就像一颗流星一样，闪耀着黄颜色的光芒。

商伯良满脸诧异，想拉瓦锡吐痰的功夫真是一流——只有浓痰射出，绝没有唾沫星子，而且射程远，弧线也是格外的优美——等有合适的机会，他商伯良可要向拉瓦锡拜师学艺了。但他还有另外一种担心：假如这口痰落在某人的脸上，将会对这个倒霉鬼造成何等的难堪？于是他边自言自语，边起身把头探出窗外："不会吐在人的脸上吧？"

正当商伯良把脑袋探出窗外的一瞬间，远处飞来一粒大弹珠，直接打中了商伯良的额头。年轻可怜的商伯良因这突如其来的打击大受惊吓，竟然一下子应声倒地，晕过去了。

拉瓦锡先是一怔，后来又觉得很好玩：自己吐出来一口痰，人家居然"投桃报李"，给商伯良先生一"粒"沉重的打击。再后来，他觉得应该制止这场无聊的闹剧，就站起身子冲到窗口往外喊道："谁家的野孩子，要出人命啦。"然后拉瓦锡看到有身影在下面摇摆，他准备抓住那个人——他扑通扑通地跳下了楼梯，奔到楼下。他想，一定要逮住这个耍赖皮的小孩子。这时候他完全忽略了躺在地上的商伯良，他大概认为，如果商伯良有个三长两短，只有抓住凶手才是对死者最大的慰藉。

果然有一个十六七岁样子的女孩子手持弹弓站在楼下。她看到匆匆下楼的拉瓦锡，想必就是来抓她的，她天真无辜地问道："叔叔，那个秃子没事情吧？"

拉瓦锡看到这是个青春可爱的女孩子，马上忘记了要给商伯良鸣冤，痴痴地看着她，右嘴角流出微量的口水，同时也没有忘记回答她的提问："还有气，我估计没事情。"

"本来我出手不会那么重的，但他那口浓痰也太黑了，你瞧。"女孩子伸出右手臂，虽然有点儿黑，但是形状优美，它上面粘着一堆浓浓的黄颜色污染物。（老师说，就是刚才的那颗流星啊。）

"我最痛恨不讲文明的人了，但我想我也有错的，我承认错误，好吗，叔叔？"小女孩子眯起眼睛认认真真地道歉，太阳火辣辣的光照射在这个穿粉红色裙裤的小女孩子身上。

"没问题，绝对没问题，是他先不好的。"拉瓦锡原本还想澄清那口痰不是受伤的商伯良所吐，而是自己所为，可马上又拒绝承认——他担心女孩子听到真相以后再一次挥起手中的弹弓给他正面门一记。根据刚才的经验，这一下能把拉瓦锡的鼻梁打塌。

"你走吧，这是罪有应得，你不必内疚。"拉瓦锡口是心非地说道。

"真的啊，叔叔你真是好人。你真要放了我吗？啊，叔叔你真是太有人情味儿了。"女孩子活蹦乱跳地说道，然后就乖乖地趁早溜掉了。

拉瓦锡看到女孩子的身影已经远去，才忍不住又清了清嗓子，向旁边吐出一口痰。他实在是憋了很久，再不打发走这个女孩子，是要东窗事发，现原形的。

回到楼上"雅座"，拉瓦锡情不自禁地笑了笑，然后看到商伯良已经抓着椅子的扶手慢慢爬起来了。商伯良看上去有点儿憔悴，也有点儿受伤。

"没出事情就好。商伯良先生，看来你也要吃药了，你的额头上流了一点儿血。"拉瓦锡捡起那粒彩色的弹珠，觉得跟那个女孩子一样可爱，就把它放进了自己的口袋。

"找到是谁射的了吗？太莫名其妙了，倒霉倒霉，怎么会有这种事情。这里的孩子也太不像话了。我只是想看看谁倒霉中了你的痰，没想到自己倒霉中了人家的武器，真是老天弄人啊。"

"算了算了，没出大事情就好。是个小姑娘，人家承认了错误，我就放走了她。"拉瓦锡觉得自己身体虽然不好，运气还马马虎虎。

经过小小的波折，拉瓦锡用精神的愉悦治疗身体的不快，收效良好，整个中午都神气活现的。商伯良看到拉瓦锡精力充沛，想真是没找错人，然后就被他的好心情感染了。

"丁零零……"铃声响起。

老师看了看门外，已经有解散的学生形成人流。他收起讲义。我这才发现，老师的讲义是写在稿纸上的，然后用文件夹包起来。

　　老师说，下节课他要讲的是商伯良和拉瓦锡探访金字塔的故事，还说希望我们可以找点儿资料来看看，比如关于古埃及文明之类的书籍。同学们似乎都很感兴趣，开始讨论起木乃伊什么的来。但我却坐在那里发愣：埃及文明跟法国大革命又有什么关系呢？

【6】

　　金秋十月，秋高气爽——这是学校开展秋季运动会经常用到的开幕词。转眼之间，一个月就真的这样过去了。在这个月里，我享受着大学生活的无忧无虑。在大街上，我看到了无数情侣，还看到了无数啄木鸟；在图书馆里，我像一只猪一样睡着了；在球场上，我看到有人翻跟斗，然后脸都摔破了；我还听到一个三角眼的秃子给我们讲了一个故事的开头，他风度翩翩……总而言之，我喜欢这一切。

　　现在适逢国庆节假日，学校放了一个长假。我是单身汉，没有情人可以找；我是大学生，不能跟小孩子玩捉迷藏，我只能跑到学校的阅览室看期刊。我接受了老师的建议，找了文化类的杂志，但是看了一半以后，就做起梦来，不停地打瞌睡。我想我还是等穿红 T 恤的历史老师来告诉我真相吧。

　　后来我回了一次家，看到了我的奶奶。她养了一只小狗，这只小狗很难看，但是颇得我奶奶的好感。我看到这只小狗的时候，竟然想到了拉瓦锡的那只秃头狗——可惜它已经死掉了。我奶奶抚摸着那小狗告诉我："阿旺已经是我的生命了。"阿旺是奶奶给它起的名字。奶奶还问我："还没找对象吗？"

我回答说："是啊。"我告诉我的奶奶，这个我不急。然后我又联想到了同样也不急于这个的拉瓦锡……我真的被那个故事吸引了，虽然我不能说那个故事的名字叫作世界近代史和法国大革命。

我不知道自己为什么不急着找对象，虽然我很希望有个人陪陪我。

【7】

好高兴啊，我最喜欢的世界近代史老师又来给我上课了。我在想，假如他每天都能来给我上课，给我讲故事，我就是全世界最幸福的人了。这次老师戴了一个帽子进来，在上课之前，他脱下了这个有点儿像鸭舌头的帽子，重新变得酷起来。我想老师大概是怕他的脑袋着凉才戴这个帽子的。

老师没有询问上次交代下来让我们多看看古埃及的资料的事情，直接讲课了。

在埃及的某日下午时分，拉瓦锡和商伯良站在胡夫金字塔面前，拉瓦锡不禁感叹："好美哟。真好看。"他把头抬得很高，（老师说，假如他也像老师一样戴了一个帽子，帽子就会掉下来。）盯着塔尖说道："试问，要多聪明，才能造出此等艺术珍品？"

商伯良眨巴眨巴眼睛，有点儿疑惑不解："这有什么好看的？无非是黄沙水泥？你怕是没去过意大利？那里的才能算是艺术珍品呢。不过谁能建造如此大规模的建筑，确实是个谜团。"

拉瓦锡问道："你猜这个聪明的人，到底是在什么样的境况下把石头堆得如此古怪？"

"猜不出来。"商伯良吐舌头。

埃及金字塔闻名世界，当时已经是著名的旅游胜地，无数相爱的情侣携手而来。因此在金字塔底下，又诞生了一种职业，聚集了相当数量的从业人群——买花和卖花的姑娘。拉瓦锡注意到在不远处有一个穿粉色裙裤，怀揣了很多鲜花的女孩儿，一会儿跑到这对情侣面前，一会儿跑到那对情侣面前，兜售她的花朵。她活蹦乱跳的样子，活像一个精灵。拉瓦锡终于想起来了，正是那个被自己浓痰击中手臂而发力用弹弓弹伤商伯良的女娃儿。

拉瓦锡感叹道："真是人生何处不相逢。"

如果不是出于内疚，拉瓦锡就是出于好色，他突然对这个女孩子产生了兴趣。他恨不得让商伯良变成一个女的，然后这个女孩子就会迎向自己："先生先生，买一朵儿花送给你这个秃头的女朋友吧。"商伯良很怕热，他到了埃及以后很少再戴他的假发，怕黑色的假发被太阳烤得烧起来，烧掉他的脑袋。

拉瓦锡就等着女孩子认出他来："原来你就是那个很有人情味的大叔啊。"并且感恩戴德地说自己的好话。拉瓦锡自己也闹不明白，自己怎么会对一个埃及黑人女孩子产生这样的兴趣。最后他等不及了，居然迈开步子走向那个女孩子，从兜里掏出一块钱："买一朵。"

"哦，谢谢先生啊。不过你买两三朵也可以啊。"女孩儿想不到会有意外的生意光临，自然惊喜万分，她利落地拔出一朵很大的花儿，递给她这位顾客。

顾客自动送上门来让她非常惊奇，但等她看到拉瓦锡的时候就更惊奇了，而且拉瓦锡说出了一句让这个小姑娘惊奇得无以复加的话："送给你，美丽可爱的小姑娘。"拉瓦锡做了一个很帅气的动作，左手反背，右手持花，身体微微鞠了一躬。（老师说，他认为这是拉瓦锡首创的礼仪方式，后来莫名其妙就风靡了全世界。）我们的拉瓦锡，活到这一天为止，除了在化学上偶尔的想象力之外，在其他方面还没有表现出其惊人的创造力。而且除了跟一个打网球的女生的短暂艳遇之外，从没有尝过别的女人的滋味——那一次，他也没有做出惊天动地的壮举来。也许这回，拉瓦锡想有所作为了。

那位卖花的女孩子有点儿受宠若惊，抬着头，歪着脑袋，看了拉瓦锡足足一分钟，痴痴的样子好像在看好吃的蛋糕。

拉瓦锡继续道："这是我送给你的啊，难不成你要拒绝我的一片好意吗？"

"不，先生。但是我还可以把它卖给别人吗？"

拉瓦锡一阵子头晕，然后摸了摸额头："试问，你会把你爸爸妈妈送给你的礼物出卖给别人吗？"

小女孩子低着脑袋想了一会儿，然后她把脑袋抬起来，兴高采烈地说："有啊，我上次就把妈妈留给我的项链卖给一个大婶了，她出了很高的价钱呢。"

拉瓦锡顿时胸闷良久，想这回果然是个"黑"姑娘，不仅长的黑，心眼儿也黑。

"哦，大叔，哦不，先生，您送给我花干吗？不如直接送钱给我吧。"女孩子摊开了手，伸向拉瓦锡。

"原来你还兼职要饭啊？"拉瓦锡伸出脑袋问，就快跳起来了。

"哈，先生您说对了。您的脑子真好使。"

在拉瓦锡犹豫不决之间，商伯良及时赶到。他拉了拉拉瓦锡的手说："走吧，该进金字塔考察了。"

小女孩子盯着他们两只牵在一起的手说："啊，你们两个搞同性恋啊？真不要脸，我要告发你们。"

"告你个头。"商伯良瞪出一大一小的眼睛叫道，还是要拉拉瓦锡走。拉瓦锡迅速地抽出手："你千万不要误会，我们之间是清白的。"然后就真的无可奈何地被商伯良拉走了。走的时候还恋恋不舍，不时地回头看看，他看到一个穿粉红颜色裙裤的黑色女孩子站姿端正地凝视着他。

商伯良和拉瓦锡两个人站在胡夫金字塔的入口处，商量着要不要进去。

"你怕诅咒吗？据说进去翻动了法老的宝物的人再也活不长久了，法老的诅咒将诅咒他们致死。"商伯良问道。

"那我们随便逛逛，不要乱翻，好吗？"拉瓦锡说。

"这不是一般的入口，我们也不是一般的来玩的人啊。我们是来考察的，你要搞清楚，不翻东西还考察个屁啊。你要玩的话，去那个入口，那是收费的，而且收费很高。"商伯良说道，指着远处一个熙熙攘攘的地方，那里排着很长的队伍。拉瓦锡远远望去，还能看到一团粉红色晃来晃去，看得都痴呆了。

"那么到底收多少呢？不如我们还是去那里吧。人那么多，看来也不会特别贵。"拉瓦锡要改主意了。

"啊，原来你也迷信的。"

"当然不是，我从来不迷信的。别人说你去死什么的话，我没看到灵验的。"

"那可是法老的咒语，不是那种发泄的话。据说是死了不少人，你到底是去不去呢？"商伯良催道。

"去就去，不然不是白来一趟了。我也不信邪。"

"那就乖了，走吧。"

一帮看门的女人为拉瓦锡和商伯良读了几条游戏规则，说不能偷也不能抢，不搞破坏不能吐痰，（此时拉瓦锡咽了一口口水。）不能抽香烟不能打群架，还不能在塔内过夜——"七不"。这帮看门的女人训练有素，伶牙俐齿，说话比骂人还快。最后总结道，如果不能遵守"七不"，就不能放他们进去，任凭他们来头再大也无济于事——她们说，就算天皇老子也没用。商伯良忙说："好的，好的，一定遵命。"就推着拉瓦锡进了门。

到了金字塔内，空气渐渐窒闷而炽热。商伯良让拉瓦锡拿出随身带的工具箱子，里面有一些简单的降温设备和空气清新剂。这些仪器有些是圆的，有些是方的，还有一些不圆不方，是三角形的。无论这些东西的几何形状如何，都不怎么管用，里面的空气还是像堆满了腐烂稻草的封闭房间，一点火就要烧着的样子。商伯良和拉瓦锡在这样的环境下艰苦前行……

商伯良和拉瓦锡前行着、前行着，课就又上完了。哎……

【8】

老师在一个晴朗的秋日，继续把这个神秘的故事开展下去，而我迫不及待地记笔记……

老师说，商伯良和拉瓦锡，这两位杰出的学者，（我诧异：拉瓦锡已经成为一个学者了？）在世界著名的吉萨金字塔群落胡夫金字塔内，进行了初步的考察。最后因拉瓦锡身体不适，突然晕厥，不得不提前结束。他们连木乃伊也没有摸到。商伯良看到拉瓦锡不说话，问他也不回答，就推推他，没想到一推就把拉瓦锡推倒在地。起初还以为拉瓦锡是开玩笑假装的，就上去挠拉瓦锡的胳肢窝，没料到拉瓦锡完全没有反应。商伯良马上急了，挥起手对拉瓦锡猛抽了一个大巴掌——这是拉瓦锡今生今世第二次挨巴掌，上次吐了两个门牙，这回门牙也吐不出来了——但是拉瓦锡还是没有醒过来，甚至商伯良对他大吐口水，他还是死人一个，完全不动弹。这种情况下，商伯良这个小个子只好背起拉瓦锡这个大个子，在金字塔内寻着幽暗的小道慌忙地往外赶路。当商伯良从里面奔出来的时候，他已经是气喘吁吁了。他看到门口的几个强壮的女看门的，忙喊救命：

"上面这个死人快把我压扁啦，快来帮帮我。"

商伯良叫的时候，两只眼睛瞪得一般大，看来拉瓦锡是快要把他压死了。（这时候班级里的女人就开始讨论起来，说商伯良真没用啊，拉瓦锡真是头猪什么的。）

后来商伯良出了点儿血（也就是出了点儿钱），让一个皮肤黑黢黢的、粗胳膊粗腿的女人把拉瓦锡背起来往他们的那家旅店跑。一路上可把拉瓦锡颠得够呛，颠着颠着，就把拉瓦锡颠醒来了。醒来以后，拉瓦锡发现自己骑在了一个陌生女人身上，大惊失色——这可是在埃及啊。他马上挣扎开来，脸也扑哧扑哧地红了。

女黑人发现拉瓦锡跳了下来，连连转身道歉道："先生，我不是想占您便宜，是后面一位先生出钱说我这样背您去一个地方就能救人一命。现在您没事情了，我钱也不要了。"说完她就跑掉了，但是她心里面暗暗地想："这个男人搁在我背上的家伙还真大。"想完就十分兴奋的样子。

拉瓦锡乐开了怀，但也不知道为什么要乐开了怀。这时候商伯良满脸疲惫地从后面追上来，抓住了那个女黑人："钱你还是照拿。"这一抓把那个女人吓坏了，她狠命地甩掉商伯良，跑得很远。商伯良看着看着，无可奈何地摇了摇脑袋。然后他转过身来开始抱怨拉瓦锡："你怎么能这么差劲的啦？"

拉瓦锡想想自己是很差劲，没什么可狡辩的，所以也不说话了，只是默默点头。

那天晚上，拉瓦锡居然很兴奋，完全没有躺倒在金字塔的萎靡。在他脑子里的都是这个男卑女尊的可爱世界，简直好玩死了。当然他还想到了粉红裤子的可爱姑娘，想了好一会儿以后，他自己问自己："莫非这就是爱情啦？"

在床的另外一头，商伯良睡得沉沉的。要不是这张埃及床足够大，拉瓦锡这种兴奋地翻来覆去，商伯良是怎么也不可能睡着的。

第二天早上拉瓦锡醒来的时候，商伯良又不见人影了。拉瓦锡感叹："真是个工作狂。"他习惯性地伸了伸懒腰，觉得身体状况好了很多，喉咙中再也没有痰，好极了，他想。

他走到走廊中，看到了商伯良伏案工作的身影。他看到商伯良正奋笔疾书地写着什么东西，但是看不清楚，他只是试问，全天下又有几个能如此努力工作的人呢？

"商兄，你这是在做哪一方面的工作啊？"拉瓦锡探头探脑地问道。

"哦，没什么的，只是随便记点儿东西。哟，你真是没有礼貌，竟然从人家背后蹿出来，像一只野猫子一样。"商伯良迅速地收起他的工作，似乎极不想让拉瓦锡看到。但是拉瓦锡还是看到了，他看到了一本墨绿颜色的工作本子，上面密密麻麻地记着东西。

"商兄的字迹真奇怪，你用什么语言写的字啊？"

"很普通的啊，潦草一点而已。"

拉瓦锡想道，商伯良的草字真是太美妙了，他居然一个字也看不懂。

"你知道吗？我们的祖国——法国的局势现在很动荡。"商伯良想扯开两个人之间的话题，便用国家大事相诱惑。

"哦？怎么一回事情？我可是完全不知道，没人会告诉我这些事情。"拉瓦锡无知地说。

"我的朋友，德·罗尔邦，你见过。他来消息说，国家中有一部分捣蛋分子，妄图革命，改变国家的性质，所以社会上面已经动荡不安了。"

"岂有此理？他们不要命了吗？"拉瓦锡义愤填膺，变得激动起来。

"所以女王陛下为这件事情很着急。但她又让我们安心考察，不必为国家的事情担忧——等到实在是需要我们帮忙的时候，我们便必须回去待命了。"

"我们？难道我们能帮助女王陛下什么吗？"拉瓦锡起了很大的疑惑，他怀疑自己一个如此渺小的人能为国家做点什么。但从商伯良的口气之中，似乎"我们"对国家——至少是对女王很重要。

"是啊。哦，你也许还不清楚，德·罗尔邦先生被女王调上去，就是去任内务大臣的。本来呢，那是我的位子，但因为我已经安排了这次考察——一个国家可不能一天没有管内务的——前任的老头子病死的真不是时候，然后我建议女王委任罗尔邦先生，我相信他的才华和能力。女王采用了我的建议，但是还让我多多帮忙，还说等我回去就担任直接辅佐女王的职务。"商伯良才发现还没有把这些真相告诉这位年轻无知的小伙子。

"可是您这么年轻……"在很长一段时间内，拉瓦锡都不用"您"来称呼商伯良了。这次突然得知对方原来是个举足轻重的人物以后，便不得不使用恭敬的态度了。

"甚至可以说，女王陛下看重的就是我的年轻。其实我对当官没什么兴趣，就像你说的你对女孩子一样。来这里或许更是个托词。至少一半是托词，另外一半大概就是我对埃及的一种热爱。"

听了这一席话，拉瓦锡甚至有点儿崇拜商伯良，人也变得痴痴呆呆的。

"不过我到时候还可以保举你上去。你跟我一样都很年轻啊。"商伯良露出诡异的笑容，"不知阁下意下如何？"

"我？开什么玩笑？我有什么能耐？"拉瓦锡摊摊手，好像没有能耐的是手，而不是他。

"你聪明，并且你年轻。只要年轻就行啦。女王陛下喜欢的就是年轻啊。"最后一句话商伯良用最低的嗓音说出来，仿佛就是说给自己听的。但是拉瓦锡还是听到了，因为他听到了，所以这句话让他闷了半天。

中午时分他们又要出门去吃饭，他们认为他们住的旅店饭菜做得不好。商伯良也不希望去昨天去的那一家，因为他在那里吃了不大不小的亏；但拉瓦锡却固执地称赞那家饭店鱼烧得特别好吃，饭做得特别软，汤特别鲜美，酒也特别香。拉瓦锡还特别指出，服侍的小姐虽然不够温柔，但阳刚之气十足，令人赏心悦目。总而言之一句话，他是非那家不去了。

商伯良只好说道："好好，但你坐窗边上，我可不想再倒霉了。"

"那个正好。"拉瓦锡心想，正好能看看粉红颜色的女孩子会不会经过，如果有缘的话，他们一定会再次相见。

吃饭的时候，拉瓦锡隔三岔五地就要往窗外看，眼珠子转来转去很不安分。令他失望的是，眼珠子转到外面都没有看到什么粉红颜色，没有穿粉红颜色的身影经过此地。

拉瓦锡表现出略微的失望，以至于饭也没吃几口。

在那个粉红色的身影再次出现之前，又一堂历史课很快就结束了。我轻轻地感叹时间的飞逝。跟我一样，班级里面有很多人都在叹息。这景象可真有趣，每个人都像衔了一根冰棍一样，嘴巴微微地张开。大概他们跟我怀有一样的想法，认为自己已经沉迷于拉瓦锡的故事当中了。最重要的是，大家已经注意到，这个故事正在往言情的方向发展，而地球人都知道，这是人们喜欢的一种题材。

老师摇了摇头，说进度快赶不上了，但他没有说出任何解决的方法就扬长而去了——他就像一阵烟一样地扬长而去了。

【9】

这一次老师继续戴了一个鸭舌头一样的帽子走进教室，班级中的每个人都翘首盼望着老师把粉红颜色身影的故事讲下去——我们都等了一个礼拜了。但是老师只是傻傻地站在讲台上，对着我们呵呵笑。他笑了以后，教室中就弥漫了很浓烈的酒味儿。

大家都莫名其妙，你要知道，一个三角眼外加秃顶的人一个劲傻笑的时候，该是一幅多么美妙的画面啊。

我也忍不住在座位上笑了起来。

老师环顾了一周，发现我笑得比他还起劲儿，就用手远远地指着我说："就是你，在我的课上老做别的事情，最不像话。"

我抬头注意到：他脸色绯红，肯定是喝了烈酒，并且喝了不少。

我说："我什么也没干啊。除了记笔记，我什么都没干过。"

"哦，大概是我记错了。但你记我的笔记记得那么勤快干什么？"

　　我张大了嘴巴等他把我的惊讶解决掉，同学们哄堂大笑。老师马上明白过来他的那句话不合理，解释说："不好意思，同学们，我心情有点儿不好，喝了点儿酒。上午刚刚被上头批评过——他居然说我的教学方法不对头。也不知道是谁搞的鬼，反映上去的，真是浑球儿。"

　　"肯定不是我。"我叫道，"我是世上顶顶好的好人。我可以发誓我没干过。"

　　"顶顶好的好人？算了算了，再不讲课就来不及了。讲课喽——"

　　他今天的确有点儿不对头，我们大家都看出来了，私下里交头接耳地议论，到底是谁向教务处反映的呢？大家给出了很多种猜测，但是猜测的结果往往是什么也猜不出来。

　　老师高声说道："拉瓦锡和阿伊达的爱情进行得如火如荼。"然后看到我们的反应：大家都像是吃了一记闷棍，很迷惘。他低头翻了翻他的讲义，自己笑道："还没有讲到这里呢。"然后往前面翻了几页。

　　老师重新开始说，那个中午吃完饭以后，商伯良一再问拉瓦锡的身体情况，他怕拉瓦锡再次晕倒，又要自己把他背回去。而拉瓦锡这个死人又有一大堆没用的赘肉，沉得要命。拉瓦锡向天发誓说自己保证没有问题，绝对不会晕。这么一说商伯良就没有理由不让拉瓦锡去金字塔了。拉瓦锡想到的是金字塔那里有成群的游客、情侣，当然还有一个卖花的小姑娘。商伯良得到了满意的答案后，整理完工具，便在下午出发了。

　　拉瓦锡一边扛着箱子跟在商伯良身后，一边四目张望，（老师说，这个样子就像一个贼一样，然后就自顾自开怀大笑，阵势真是惊人。）他希望能找到那个令他心动的身影。因为他走得十分粗枝大叶，精力十分不集中，在路上不停地摔跤，把商伯良的工具箱子也摔坏了。商伯良一再提醒他也没用，只好抢过箱子来背在身上。拉瓦锡侥幸卸掉沉重的箱子以后，转身张望更方便了。就在不久以后，果然被他发现了那个曾经被自己浓痰击中的手臂——那个女孩子今天没有穿粉红颜色的裙裤，而是穿了浅蓝色的衣服和裤子。

　　"难怪没有发现她。"拉瓦锡终于如释重负。他马上置商伯良于不顾，蹿到那个女孩子的面前说："嗨，又见到你了，真是高兴。"

　　"啊，是你啊？有人情味的同性恋先生，你又要送我花吗？"女孩子不知道是不是不高兴，说话很直截了当。

　　"呃……我真的不是同性恋啊。我不送你花了。"拉瓦锡遭到了当头棒喝，然后又不知所谓地说道，"我只喜欢姑娘——我不是同性恋。我也不是傻瓜，被别人说坏话还送给别人花。"

　　"不是同性恋，不是傻瓜，那你是什么？"女孩子天真地问。

"我是拉瓦锡，拉手的拉，砖瓦的瓦，至于锡，那是一种化学的元素。"（同学们听到了这样的自我介绍说，外国人怎么可能这样做自我介绍呢？老师讲得正起劲，好像什么都没有听到。）

"哦，是欧洲人吧？我呢，也自我介绍一下——人人都叫我阿伊达，因为我是埃塞俄比亚人——阿拉伯的阿，依靠的依，达达主义的达。你好啊。"阿伊达伸出了手。（同学们再次听到这样荒唐的事情忍不住热烈地讨论，还阿拉伯达达乐队呢。老师笑着说，你们别管人家啦，只管听下去好了。于是他就继续兴高采烈地讲下去。）

拉瓦锡想，这果然是在埃及，多大方的姑娘啊。他倒有点儿不好意思起来。拉瓦锡的手挺放松，任凭阿伊达怎么抓都一样柔顺。

每当这个时刻（指阿伊达和拉瓦锡相会的时刻），总有人跑过来，那个人就是少年奇才商伯良。商伯良看到两个人肉麻兮兮的样子，怒不可遏，质问拉瓦锡："这辈子都没见过黑人啊？"

拉瓦锡干脆地回答："是啊。"然后扬了扬眉毛，简直是风骚的很。（老师又说了，这个就叫作践。）

阿伊达开口说话啦："这位秃子先生好像见过……"

拉瓦锡马上阻止阿伊达的回忆："肯定没见过的啦。商伯良先生，您先做个自我介绍吧。"

商伯良不能拒绝，嗡嗡地说："商品的商，阿拉伯的伯，良好的良。"然后拉瓦锡介绍:"这位就是商伯良先生。这位是阿伊达女士,埃塞俄比亚人。"说完觉得用女士这两个字很不妥。

"幸会,商先生,不过您的名字更像是一个中国叔叔。"这次阿伊达想要抓住商伯良的手,不知为何,她发了一股狠劲儿,捏得商伯良哇哇大叫。阿伊达想,早认出你了,吐痰的无耻之徒。这种想法让拉瓦锡知道的话,他又要一番侥幸,老天爷真帮他。

商伯良被猛抓一记后涨红了脸,没喊疼,说了句客气话,类似你好或者 How do you do?然后把嘴贴到拉瓦锡那里低声道:"这娘儿们的气力真大。"

拉瓦锡心想,那当然,都能用一记弹弓把你弹晕。然后尴尬地点头称是。拉瓦锡这下子总算知道了这个女娃儿叫阿伊达,还知道了这个阿伊达气力很大。

后来在胡夫金字塔内,拉瓦锡点着火炬,商伯良弓腰前行,他们不仅看到了木乃伊,看到了法老的雕像,还看到了蝎子。拉瓦锡用火炬不停地赶蝎子,赶掉了几只小的,不料引来一群大的,吓得商伯良一阵尖叫。他们看到长几十厘米的黑色大蝎子,慢慢地向他们移过来。在这些蝎子之中,有的像老鼠,有的像蟑螂,有的像蛤蟆,千奇百怪。长得像老鼠的蝎子爬在中间,举起双钳,看上去像投降。拉瓦锡想,举起手投降啦。这次不战而胜,拉瓦锡兴奋不已,想过去收俘房。那只老鼠蝎子突然向上一奔,翘起尾巴向拉瓦锡的裆部刺来——果然像老鼠，跳得也高，幸亏拉瓦锡被商伯良一把推开。拉瓦锡大难不死，盯着自己的裆部，想想差点儿就要变成男根红肿的人，真是有点儿后怕。怕完之后，挥起一根火炬向蝎子群击去，火炬在黑暗中划出一道弧线，蝎子却毫发未伤。又有一群蝎子上蹿下跳，有几只像蟑螂的跳起来以后还久久不落地，对商伯良和拉瓦锡形成了巨大的威胁。也许他们两个人的小命会葬送于此，也许他们的老二也会葬身此地，假如他们现在不知难而退的话，这种可能就要变成事实。所以商伯良和拉瓦锡沿着潮闷的通道朝外面走去。

好在这次他们见到了木乃伊，见到了法老的遗物，商伯良回去后就躲在一边整理今天的体验。想到了像蟑螂老鼠蛤蟆的毒蝎子群时，商伯良就会把身子缩成一团，拉瓦锡看见后就笑笑，帮他递工具，一直到晚上，他觉得有点儿闷，就一个人出去走走。（老师说，拉瓦锡这种闷可归结为孤独感。）谁知不知不觉就来到了胡夫金字塔旁。他一个人站在月光普照的干巴巴的地上，想着白天他和阿伊达的自我介绍，和她举着一把花在人群中跳动的身影。

拉瓦锡晃来晃去，途中有很多当地女人对他投来异样的眼光，摄人心魄。他想也许自己太迷人了。后来他看到了隐约的烛光晃动，越来越近，定睛一看，是一座帐篷。在帐篷的前面站着的就是拉瓦锡的梦中情人——年轻的姑娘——阿伊达。

阿伊达也似乎认出来了，这个向她走来的高个子欧洲男人就是人情味很浓的拉瓦锡。

"哈喽。拉先生。"阿伊达热情地迎了上来，这位在金字塔旁边搭帐篷过夜的埃塞俄比亚女孩子依旧是那样活跃。

"啊？怎么你一个人在这里过夜，难道你不怕吗？"拉瓦锡很关切。

"哈，我一个女孩子有什么好怕的——我又没钱。我倒是担心你。像你这样一个有魅力的男人在外面乱荡，天又黑，十分危险呢。"

拉瓦锡缓过神来，地域之间的差别让他有点儿不适应。但后来想阿伊达说得对，在满大街女人随地大小便的埃及，男人的处境的确很危险。不过好在今天晚上虽然月黑风高，但没出什么乱子。

"这样吧，我送你回去好哇？我可不放心你一个人。"阿伊达提议。

"好主意。"拉瓦锡附和。

然后他们就一路走回去。途中，阿伊达还主动牵住了拉瓦锡的手，这使拉瓦锡感受到了少女受到白马王子保护的幸福感觉。他们走来走去，怎么也走不回拉瓦锡和商伯良居住的地方——因为他们迷路了。在迷路途中他们路过了当初商伯良和拉瓦锡一起用餐的饭店——也就是"鱼烧得特别好吃，饭做得特别软，汤特别鲜，酒特别香，小姐特别阳刚"的那一家，当然也是阿伊达受到浓痰袭击的那一家。

阿伊达开口说道："还记得吗？我们就是在这里相遇的。"说完之后，她突然觉得月光十分美好，内分泌感觉失调，就想调戏身边的拉瓦锡了。她乘其不备，搂住了拉瓦锡的腰，像一条蛇一样缠住了拉瓦锡的身体，沿着拉瓦锡的腰向上攀缘，直到阿伊达的嘴刚好能触及拉瓦锡的嘴……

"Can I kiss you？"阿伊达深情地问道。她也没等拉瓦锡做出进一步的反应，就用右手勾住了拉瓦锡的脖子，亲了上去。（老师说，他们进行的是著名的French kiss。）

拉瓦锡本来的第一反应是："你怎么……"甚至是："你无耻。"后来又迅速地沉醉下来，他觉得阿伊达的温唇美好无比，他彻底放弃反抗，并采取了主动的方式，用力夹住阿伊达的身体，活像两条蛔虫，曲曲折折地缠绕在一起——曲曲折折的主要是阿伊达，拉瓦锡可是没有什么可以曲折出来的。

就这样缠绵了一阵子，（老师煽情地说，这个就叫作红袖添香。有了老师先前的这种描述，谁都知道发生了什么。众人纷纷地咽口水，教师里安静的只有咽口水的声音此起彼伏。）他们终于算是冷静了下来。阿伊达从拉瓦锡的身上爬了下来。对她来说，拉瓦锡的伟岸身体无疑像是一座山脉；拉瓦锡也松开夹住阿伊达的双臂，把她放了下来，两个人的嘴也分开，开始进行长时间的凝视。

这两个人凝视来凝视去，都觉得对方特别顺眼。虽然阿伊达皮肤不白，但是质地很好，这是拉瓦锡用手指掐出来的；况且人家总的来说曲线优美，五官端正，就是两只眼睛分得太开，有点儿白痴相，但是拉瓦锡微笑地想：试问，天下又有谁是完美的呢？

拉瓦锡一笑，就让阿伊达看到了嘴巴里的黑洞——拉瓦锡的门牙早在十年前就被网球击掉，再没有长出来。但阿伊达还是觉得拉瓦锡很迷人，身材伟岸，体毛和肌肉一样显著——她不仅用手指触摸拉瓦锡的肌肉，还触摸了他的体毛，还发现拉瓦锡没有体臭——作为一个欧洲来的男人，最后一点更是难能可贵。

　　她不敢相信一个欧洲男人没有体臭，就不确定地问了一句："你真的是欧洲来的吗？"

　　"对，法国人。户口在巴黎。你呢？"拉瓦锡老老实实地交代。

　　"我出生在埃塞俄比亚一个小镇上，没有户口，是逃难来的。对此，你可不要嫌弃我。"阿伊达噘嘴说道。

　　"哪里的话。可你来埃及到底是要做什么呢？"

　　"赚钱，养家糊口，虽然我的家也只有我一个人。你要知道，在我们这片土地上，女人不出来找事情做是根本没有活路的，不像其他的地方，女人可以靠男人的供养。人家听说我是埃塞俄比亚来的，就开始叫我阿伊达——他们只知道我们国家有这样一个倒霉的公主。但我觉得以前的名字没这个好听，人家爱这么叫就这么叫吧，我没什么意见。蛮好听的呢。"

　　"原来是这样，不过这名字确实好听。是哪个公主呢？"拉瓦锡蓄意赞赏。

　　"你不会不知道我们公主的故事吧？"

　　"不知道啊，有什么重要典故吗？"拉瓦锡糊里糊涂的。

"真是个肤浅的欧洲人。"阿伊达骂道，然后她就把阿伊达公主和拉达梅斯凄美的爱情故事说给拉瓦锡听。拉瓦锡感动无比，心想他要是这个男主角也是这辈子的造化了。他们一边说一边踱着步子，讲到了动情之处还要不时地亲热。就这样莫名其妙的，他们这两个在夜间迷路的人来到了尼罗河畔。

"怕是今天回不去了。"阿伊达说，然后躺在了拉瓦锡的怀抱里，"你知道吗？你跟阿伊达的男人拉达梅斯还是一个姓呢。拉瓦锡，拉达梅斯。你说巧不巧呢？"

"那就是缘分。"拉瓦锡说，"试问，没有缘分，哪里有什么爱情呢？我们又怎么会相见呢？"

老师讲到拉瓦锡动人的台词的时候，简直就要哭出来了，他被自己感动得热泪盈眶。当眼泪几乎要滴落下来的千钧一发之际，铃声响起来了。于是老师收起那滴眼泪，让它继续在眼眶里打转玩。我们不明白的是，老师为何能讲得如此动情呢？

我们都眼看着历史老师强忍住泪水离开教室，后面的一个男生说："这个老师真是夸张，真会演戏，居然还哭了。"然后有一个女生说："你懂什么？这就是感情，你这个无情的男人。"

我想，也许是老师喝酒喝多了，也许是老师挨批评了，或者是沙子进眼睛里去了吧。

我突然也觉得自己要哭了。

【10】

在经历了上一次的感人故事以后，老师在另一堂课上继续他的故事。

他说，阿伊达和拉瓦锡的爱情进行得如火如荼。（同学们笑着说，这句话都讲过了啦。老师反驳说，下面的你们肯定还没听过。）他们肩并肩地坐在尼罗河畔，小手拉着大手。河边有不大不小的凉风，天上有眨巴眼睛的星星，这让拉瓦锡想到了他的同伴商伯良先生，他可能已经睡熟了。他们面前的尼罗河，时而波涛澎湃，时而水波平静，总之就是变化多端，代表了拉瓦锡此时的心情——他跟阿伊达热吻的时候，河水就跌宕起伏；这个热吻一结束，河水就恢复平静。尼罗河的河水经过很多次起起伏伏以后，阿伊达突然兴奋地说道："好久没有这种跟男人接吻的感觉了。"

所有的男人在久旱逢甘雨之后听到这样刺激的话都会发蒙——心理承受能力差的不仅要发蒙，还要发神经病：这个女人难道以前有过很多男人吗？男人都认为阿伊达是不该说出这句话的。

阿伊达也不是不对，她完全没有意识。她也不知道为什么要说出这样的一句话——还是真话。但是她清醒过来了，明白这句话的杀伤力，就抱歉说："哦，我真该死。你千万不要往心里去。"

这个晚上，拉瓦锡也糊里糊涂的，他竟然说："试问，有谁是不该死的呢？"（老师补充说，拉瓦锡这句话的意思就是人人该死，也就是原罪说的一种提法。）这种提法把阿伊达吓了一跳，以为拉瓦锡就要动真格的了：原来这个欧洲男人是个愤青？两个人互相恐吓了一阵子以后，又紧紧地抱在了一起，形成两只啄木鸟互啄的场面，而旁边的尼罗河河水像开水一样在沸腾……

再后来，拉瓦锡严肃下来，建议阿伊达："你不妨说出你以前的经历吧。"

"有什么好说的？我都忘得差不多了。"阿伊达扭过头，假装要翻脸。拉瓦锡看着阿伊达的背影，心中感慨万千，但就是没办法表达出来。

这天晚上的事情基本上是顺利的。拉瓦锡基本上是一路飞翔，凯歌高奏。他们最后找了一个只有月光的地方，完成了恋人之间的友谊。从此以后，阿伊达是拉瓦锡的人了，拉瓦锡是阿伊达的人了，两个人从此亲密无间。（下面的同学抗议道，到底是怎么个亲密无间呢？什么是恋人之间的友谊呢？什么是高奏凯歌呢？我们的老师只是秃头又不是聋子。明明听到这么多同学的这么多疑问，却假装什么也没听见，实在是可恶至极。）

第二天清晨，阿伊达先送拉瓦锡回去，（老师说，天亮后他们就找到了回家的路，就像迷路的小孩子在天明就会回家一样。同学说，这根本就是拉瓦锡的骗局，把阿伊达骗到尼罗河畔实施非礼。）自己也回去了，阿伊达说："今天是卖不动花了，要睡个够。"分别时分，她在拉瓦锡脸颊上留下了亲吻，还神秘地说："亲爱的，会不会有小宝宝呢？"

拉瓦锡答道："那要看你的啦。"

回旅馆，拉瓦锡走进房门的时候正好遇见从卫生间走出来的商伯良，商伯良手里捧着的还是那本墨绿颜色的本子。拉瓦锡精神不济，打了个哈欠，说："工作都做到卫生间里了。你真行。"

商伯良先是一怔，后来也没有回复拉瓦锡的称赞，反而责怪拉瓦锡彻夜未归："你知道吗？这里可是埃及。男人一个人在外面很危险，万一你出了什么事情，让我到哪里去找一个好的帮手？"

拉瓦锡笑嘻嘻地摆摆手："哪里会出事情？"他跑到床铺边上，一卧上去就再也不省人事了。爱情让他没有烦恼。

拉瓦锡愣是睡了一天，商伯良在这一天里想着对付蝎子的办法，或者在走廊里或者在阳台上涂鸦他的墨绿颜色本子。

走过的埃及小姐看到欧洲男人如此勤奋，都感叹埃及男人只会在家烧饭做菜，织几块破布，真没用。

晚上，拉瓦锡醒来后，马上要出门。他被商伯良拦在了门口："你小子可不要太过分了，别以为彻夜不归跟姑娘鬼混是你该做的。"

"试问，难道出去吃饭也不是我该做的吗？"

"真的只是吃饭？你在这里吃饭就好啦。"

"这里的东西那么难吃，像隔了三天的大便一样硬邦邦，你叫我怎么吃得下？"

"你这只猪，睡了一天，反倒对食物如此挑剔？你就凑合着填饱肚子不行吗？"

"不要。"拉瓦锡噘嘴道。

"好，好，你出去吃饭。我告诉你，如果你今天也不回来的话，你以后只能在这里常驻了，我将不会带你回法国。"商伯良认真地恐吓拉瓦锡。

"No problem."拉瓦锡欢快地跑掉了。他沿着昨天的路线，找到阿伊达的帐篷。虽然一直传说单身男人在外面瞎逛是一种危险，拉瓦锡运气一点儿也不差，从没有遭到四五个埃及强壮女人的责难。

陷入爱情的拉瓦锡，找了一家在当地还算高级的用餐地点准备邀请圣洁的阿伊达入席。这家餐厅是他一路上碰见当地人逐一盘问到的。

阿伊达听说拉瓦锡约她共进晚餐，也格外重视，在帐篷里不停地换衣服，她准备换一套性感晚礼服。她也已经休息了一天，精力充沛，容光焕发，她希望她的心上人能够爱她。

"你觉得这件衣服怎么样，很合适对吧？"为了拉瓦锡的方便，阿伊达只提了一个一般疑问句，而不是特殊疑问句。

拉瓦锡微笑地点头。相比之下，拉瓦锡只穿一件黑色的衬衫，半新不旧；一般的休闲裤子，他觉得有点儿不好意思，但还是主动迎上去，搂住阿伊达。此时月亮从旷野上升起，月光照耀在阿伊达健康的肤色上，折射出迷人的光彩。在阿伊达身边有多少人，就能迷倒多少人。当时只有拉瓦锡一个人，所以他马上就被迷倒了。他无法控制自己被迷倒的趋势，一见面就抱住阿伊达热吻。阿伊达被吓坏了，因为拉瓦锡吻得近乎原始野蛮，更像一个打完球的孩子在吃一根冰棍。阿伊达时而挣脱，时而妥协，时而用手握成拳头，砸向拉瓦锡的脑袋，最后终于把拉瓦锡的脑袋砸开了。

拉瓦锡终于放弃了接吻，抱住头说："别砸了，别砸了，很疼的。"然后阿伊达有点儿不好意思地舔了舔嘴唇笑了。

后来他们就去了拉瓦锡打听来的高级餐厅。阿伊达看到餐厅装修别致，很有气派，就劝拉瓦锡换地方："在这儿吃饭无异于烧钱啊。而且你请我吃这么贵的饭，让别人知道我怎么好意思啊，往后可怎么做人啊？要说我是一个吃软饭的女人呢。"

"偶尔一次，算了。而且，你是埃塞俄比亚人，我是法国人，都可以免去这里的古怪习俗。在我们那里，男人带女人进高档的餐厅可是男人的荣耀呢。试问，一件那么光荣的事情，为什么不让我拉瓦锡去做呢？"

现在来说说这家烧钱的高档餐厅吧：正门地板是用伟晶岩铺成的，四周是透明的玻璃。（老师说，在当时的条件下，你要知道，玻璃是非常罕见的。只有实验室里做实验的教授才能勉勉强强地大规模使用。）拉瓦锡看到玻璃后格外兴奋，因为在巴黎大学读书的时候，他还亲自制造出一块玻璃，引起了教授们无比的赞叹。墙上有肖像画，挂的还都是欧洲人，因为拉瓦锡不仅看到了莎士比亚这个写黄书的老流氓，还看到了他以前的系主任普里斯特先生的花白胡子，溯及整张脸，果然没有认错。肖像下面的介绍写道：

　　普利斯特，当代化学的鼻祖。他以燃素说揭示了化学中最为关键的一条真理。可以说，他老人家是化学这份事业的真正奠基人。

拉瓦锡看了一眼马上破口大骂："胡闹。哪里有什么燃素？"他决定晚上要回去好好问问商伯良，这个问题已经困扰他很久了。

阿伊达跟拉瓦锡两个人找了一个正前方有一块玻璃大镜子的位子坐下，因为这样就能不经意看到自己和对方的吃相了，这真是餐厅设计者的独到之处。

阿伊达第一次看到玻璃镜子，也是第一次这么清楚地看到自己的五官——她以前用的都是铜镜子，上面的脸总有些模模糊糊，所以她一坐上去就冲着镜子发呆。她自言自语说："才发现自己长得那么难看啊。"

拉瓦锡也在照镜子，但他在镜子里看到一头猪："没想到我真的很像猪，晚上出来的时候商伯良没有骗我啊。"

拉瓦锡轻轻叹气，阿伊达听到这句话，神色紧张地打量拉瓦锡，看看他到底有没有变成一头猪。结果令她失望，拉瓦锡还是拉瓦锡，并没有变成拉瓦猪。她否定道："你哪里像猪啊？"

"可是你看镜子里啊。"拉瓦锡无限悲凉地提示。

阿伊达看着镜子里的拉瓦锡，又很像一头拉瓦猪了，就开始了长时间的发呆。（老师说，其实那个时候，大多数的镜子都是质量不高的，经常好端端地把无辜的反射镜制作成为一面哈哈镜。但是可怜的阿伊达和拉瓦锡都不知道什么是哈哈镜。老师感叹道，古人真是又愚蠢又滑稽。）

后来很难看的阿伊达和拉瓦猪在沮丧的心情之下用了晚餐。晚餐中，他们吃了鱼，但他们在镜子中看到，自己好像吃了一只火鸡；他们还吃了火鸡，但他们在镜子中看到，自己好像吃了一头牛；而且他们吃牛的时候，还以为两个人吃了一头大象。等吃完了这些，想必他们也应该吃饱了。

他们离开的时候，拉瓦锡无意之中又看到了普利斯特的花白胡子，拉瓦锡又对什么燃素说大放厥词。他想他得赶快回去求教商伯良，一定要把这件事情弄弄清楚。我们的拉瓦锡，对这件事情永远那么执着，不管是在巴黎，还是在埃及，这份热情没有丝毫改变。

可是阿伊达想挽留住她的恋人，作为一个女人，她应该这么做。她还想重温尼罗河畔激情的一晚，再次让拉瓦锡进入她的心灵，进入她的身体，进入她的灵魂，感受爱情最伟大的力量。她用饱满的目光，勾引拉瓦锡，牵引拉瓦锡："亲爱的，我们还去那个吗？"

"哪一个？"拉瓦锡现在的脑海中只有火、普利斯特，以及他心目中博学多才又深奥的商伯良，对别的都漠不关心，也没有丝毫的兴趣。

"啊——你装蒜。你这个无耻的流氓，昨天晚上你对我做的什么难道你都忘记了吗？"阿伊达又气又急。在这种情况下，拉瓦锡迫不得已想起他们之间有过恋人般的友谊，但是他今天必须回去——商伯良已经给过命令。并且老实说，虽然拉瓦锡足够强壮，但也不是能够连场作战的高手。当然这只是过多的忧虑，拉瓦锡对那件事情实在也没有很浓的兴趣了。他的兴趣已经在商伯良身上了，而商伯良也要他必须回去。

他说："宝贝，恐怕今晚不行啊。真抱歉。"

"啊——你拒绝我。你这个可恶的男人。"阿伊达气愤到极点。她今天穿了性感的礼服，已经做好了那方面的打算，但她的男人居然不答应她。无论是哪一个女人，都会站在原地不住地跳脚。

拉瓦锡管不了那么多，也不要阿伊达送他回家，只是用央求的并且抱歉的眼神看着失望透顶的他的情人……

我觉得下课的铃声，总在故事的转折点到来。同学们都听得津津有味，我也飞快地记着我的笔记。但是铃声响了，历史老师就让这个故事戛然而止。我们的老师他从来都不拖堂，其实是个很好的老师。但是我们更想知道，拉瓦锡有没有跟他的情人再那个。要承认，我们这帮人，很好色，对色情都抱有很大的兴趣。但我也认为这是一切人的特点。

　　老师临走的时候吩咐，下个礼拜是期中考试的日子，他决定让我们发挥想象力，猜测一下拉瓦锡和阿伊达的结局。猜测的好坏，就是我们期中考试分数的高低。老师还问我们："你们同意吗？"我们这帮傻瓜居然同意了。这个现象表明，每个人都对自己的想象力抱有很大的希望。当然，人的想象力的水平，其实据我所知，差距是很大的。我不知道自己的想象力如何，但我也同意了。我同意的原因是：我对拉瓦锡和阿伊达的故事很感兴趣。

【11】

有一段时间，我认为历史老师所说的拉瓦锡就是我自己。现在我觉得他不是我了：他有了一个女朋友，而我却没有。我觉得这个拉瓦锡可能是我的秃头老师，虽然拉瓦锡并不秃头，我也不知道历史老师他有没有女朋友。历史老师能把拉瓦锡的故事说得头头是道，让我起了疑心：他也许正在借古讽今。所以当历史老师要求我们想象阿伊达和拉瓦锡的恋情时，我准备往好的方向想象，这样也许就能得到高分，这当然是我所希望的结果。

我想我的想象应该尽可能地顺着历史老师的思路，然后这点想象力就从我的大脑绵绵地来到一张 A4 稿纸上：

美丽的阿伊达闪着晶莹的泪珠子，在两个人的寂静里，耷拉着肩膀，耷拉着她的一切，就像一尊沮丧的女神石像，伫立在可怜巴巴的拉瓦锡的面前。拉瓦锡看到阿伊达已经泪流满面，心就被他的情人的泪水浸湿了。他伸手准备用手掌擦掉阿伊达脸上的泪水，顺便也擦掉自己心里的水，但遭到了阿伊达的反对。阿伊达把拉瓦锡的手推开，说："这么粗糙的手，你怎么保养的你？还是欧洲来的文明人呢。"

"呃……"拉瓦锡有点儿奇怪阿伊达的言行，这个女人总让他捉摸不透，"我是搞化学的，药品接触得比较多，可能这是造成我皮肤粗糙的缘故吧。"

"那可更要好好地保护了，明天给你带点儿芦荟吧，那东西对皮肤可大有好处。"阿伊达不再悲伤，或者说，她的悲伤已经转移到对拉瓦锡手掌的同情。她摸着拉瓦锡右手上的伤疤，那是他当年在家独自烧制试管时不小心留下的。阿伊达纤细柔软的手指在拉瓦锡宽大的男人味十足的手掌上绕来绕去，搔得拉瓦锡直痒痒，但同时他也觉得这样很好。他把自己的左手覆上去，双手握住阿伊达的手。阿伊达的目光从拉瓦锡的手转移到拉瓦锡的脸上，四目交会，激光迸发，他们像一切相爱的情人一样，紧紧拥抱住对方，two become one。

月光依旧，埃及的月亮自第一个自称法老的人坐上法老椅以来都是圆的，这是恋人放弃理性的最佳背景。那一个晚上，拉瓦锡再次放弃理性，他决定把自己的未来交给埃塞俄比亚可爱的姑娘阿伊达。

两个人静静地坐了下来。阿伊达把头靠在拉瓦锡的肩上，她看看天空、空中的月亮、金字塔顶、狮身人面像，还有拉瓦锡的脸，突然发现最后两者有一定相似，就笑着问："你是斯芬克斯的谁啊？"

拉瓦锡灵机一动说："我是斯芬克斯脸上遗失的鼻子。"后来阿伊达就和斯芬克斯的鼻子爬到了斯芬克斯的背上面去了。阿伊达腿脚甚是灵活，三下两下就蹿了上去；拉瓦锡空有一身肌肉，费了九牛二虎之力才勉勉强强地上去，狮身人面像便如一只小猫一样被驯服了。两个人站在上面就好像站在世界屋脊，有一种从未有过的快活，有一种征服一切的自豪和成就感，就像拿破仑若干年以后用炮轰掉拉瓦锡——斯芬克斯的鼻子一样。

他们在狮身人面像的背上，又正正经经地接了一个吻。阿伊达把她的香甜大美舌伸进拉瓦锡的口中，不停搅动，像搅一桶糨糊，搅了一阵子以后，搅到了因为门牙脱落而留下的空当，阿伊达就把舌头放在那里当归宿。此时拉瓦锡浑身发烫，有发高烧的症状；双手乱摸，有多动症的症状；口水充沛，从他和阿伊达两只嘴的缝隙中流出，这是患了老年痴呆症的反应。两个人扭动的身体，很像正在跳一曲华尔兹……

最后两个人躺在斯芬克斯的背上，预备着一场剧烈的运动。拉瓦锡这个欧洲流氓把磨砂纸一样粗糙的手伸进阿伊达的礼服之内，阿伊达这个来自埃塞俄比亚的风流女子，正在解开拉瓦锡的裤腰带，很快他们就进入了某种角色，风却停了下来，大地震动了。

他们看到远处有火鸡扑闪着翅膀从草丛中飞出，地上爬出蜥蜴，成群结伴地盲目逃窜。

拉瓦锡惊慌地说："发生了什么事？"

阿伊达困惑地应道："也许你动作太大了吧。你动作小一点儿试试看。"

照阿伊达的建议，拉瓦锡把动作控制得很小。那美丽的惊慌的晚上，他们就这样度过了，好像什么也没有发生，但发生了一切……

我把我的作业交上去，满怀希望地期待着，期待着，像一个等待亲吻的孩子，又像一个等待零花钱的孩子。但历史老师既没有给我亲吻，也没有给我零花钱，甚至认为我的作业是下等的。

老师在我的作业下写道：

要不是看在你上课这么认真记笔记的分儿上，就给你不及格。

我虽然不明白老师为什么这样对待我，但明白了上课记笔记是有好处的。就在我收到老师批阅过的卷子的傍晚，正要准备去吃饭的我在学校里碰到了老师。他骑着自行车，骑的速度很慢，假装很有绅士风度，他从我后面赶来，然后叫住我："喂。"他一贯装束，穿着红T恤，戴着鸭舌帽，笑容可掬。

我说："老师好。"其实我认为这个老师脑子有毛病，不好，尤其是他在我的作业上写了那句没有人情味的话以后。假如周围没有人的话，我真想揍他一顿，因为我一方面恨他，一方面有把握打赢他——他实在太瘦了。

老师被我夸"好"以后，向我脱帽行大礼，停下车，用双脚踩住水门汀，跟我讨论起我的作业来："其实你写得蛮好的，可惜你的路子错了，这真叫大意失荆州啊。"

正当我试图反驳之际，周围人一下子多了起来，也不是人一多我就不能反驳，我只是担心老师脸红。秋天来了，我不能随随便便让人生气，万一这个人生有哮喘，这个季节可不好。其实我想说的是，为什么别的同学能得高分，比如那个把阿伊达写成克里奥佩特拉后代的，他得了80分；那个把阿伊达和拉瓦锡的故事写成罗密欧朱丽叶翻版的，得到了90分；还有一个把拉瓦锡说成俄狄浦斯杀父娶母，抛弃阿伊达回国当国王的，居然得了99分，这个浑球儿秃头写的评语是：想象力和现实结合得十分美妙，故给此高分。

我想把这些乱七八糟的事情投诉给学校领导，但是又觉得这样做有悖于我一贯的行为准则和对我这个老师的感情……老师此时的眼睛正视着前方，眯起他的三角眼，好像证实了自己看到了什么，便在自己的秃头上扣了一顶鸭舌帽，驰车飞去。他说等下节课，下节课就给我标准答案。

我看到老师像一阵风一样，向前驶去。在一阵风的前面，有一个穿粉红色紧身衣服，身材窈窕的女子，背影堪称完美，因为她屁股不大，双腿很细，长发飘飘。那阵风停在她身边，他们开始交谈。那个女人不停地摆手，大概历史老师的烟味把她熏坏了。后来这个女人不顾一切大踏步向前跨去。我没猜错的话，是要甩开我的历史老师，其实任何人甩开我的历史老师我都能理解，因为历史老师是秃头，而且这个秃头像大便一样招人讨厌。

　　我看了一会儿老师垂头丧气的样子，丝毫不为他惋惜，我去吃我的饭了。

【12】

　　班级里的同学们，为了自己的作业分数而在那里夸夸其谈。我没有参加，因为我的分数不够高，基本上没有什么资格参加这样的讨论，我只是刚好及格。我愤怒地看着风尘仆仆的老师走进这间热气腾腾的教室。我不仅知道老师是风尘仆仆的，我还知道历史老师为什么会风尘仆仆——我知道这个所以然。他昨天在感情的问题上碰了灰，而且我认定这件事情跟他的风尘仆仆有必然的联系。

　　老师站在讲台上，没什么精神——这也很正常。他悠悠地说，他现在告诉我们阿伊达和拉瓦锡的故事。

　　他说，拉瓦锡最后离开了阿伊达，在那个美好的晚上。拉瓦锡一个人孤独地回到了商伯良那里报到。他看到商伯良已经躺在床上睡着了，他去拼命地摇床，妄图把商伯良从睡梦中摇醒。结果商伯良的床越是抖动得厉害，他睡得越香，竟然打起声音很大的鼾，使整个房间鼾声四作，这让想问问题探求真理的拉瓦锡一筹莫展。他想点燃一个火炬把商伯良烧醒，然后问烧醒了以后的商伯良烧醒他的东西究竟是什么玩意儿。但他没办法掌握尺度，怕一下子直接烧死了商伯良，从此以后再也没有人能解答他的问题，也再也没有人能把他带回法国。他坐在床的边上耐心地祈祷上帝。上帝很听话，他让商伯良的鼾哽住了商伯良的喉咙，商伯良就此憋不住而醒过来了。他迷迷糊糊看到坐在床头苦闷的拉瓦锡，于是努力睁开他的大小眼睛问道："喂，你总算是回来啦？"

拉瓦锡听到了商伯良的声音后喜出望外，转身笑答："是啊，我回来了。您也醒过来啦，真是太好了。我正有很重要的事情要问您。起来起来。"

"我困得不行，实在是没有精神，有什么事情还是等明天早上说吧。"商伯良就要闭上他的眼睛再一次睡过去。

"不要不要，求您了，起来好吗？"拉瓦锡哀求，并且伸手拉住商伯良的裤子。

"我也求你饶了我，你知道我习惯早上早起，晚上早睡。大哥，别拉扯我。"商伯良反过来哀求拉瓦锡，并第一次以大哥相称。但是做了大哥的拉瓦锡把身体扭来扭去，没有饶过小弟的意思，坚持道："求您告诉我，您觉得那个普利斯特先生的燃素说有道理吗？"

商伯良听到了具体的要求，让这个问题在大脑里转悠了一圈，精神缓缓苏醒："你是说你大学的领导的那个理论啊。让我来告诉你，我没什么研究，不过我相信他没道理，直觉告诉我的。但是不幸的是，今天罗尔邦先生来消息说，女王陛下已经采用了这个理论——他们已经着手用燃素来攻击英国海军，如果英国人不识好歹还要来侵犯我们的话，就这样办。"商伯良从床上坐了起来，想找到那封信。

"你看，他是这样说的。"商伯良把那封信给拉瓦锡。

"用什么燃素？"拉瓦锡看着信件大声质问。

"就是那位教授所说的那种燃素，但我从来没有看到过。你看到过吗？"

"瞎扯。哪里有什么燃素啊？只不过是把一些能点燃的物质放在一起点燃而已。这个世界上哪里有什么纯粹的燃素？无稽之谈，无稽之谈。"拉瓦锡很气愤，仿佛一个长辈怪罪一个懵懂的孩子的过错。

"你的意思是……"商伯良追问。

"您不会认为木炭之类的就是那个所谓的燃素吧？还是加上新鲜的空气？去焚烧海上的舰队？这根本行不通啊。没脑子……一句话，没脑子。"

"呃……我也在纳闷啊，水火不相容啊。可是女王陛下已经决定了……"

"能不能现在去告诉女王，放弃这个计划？"拉瓦锡看着商伯良。

"这个不可行，女王陛下既然已经决定，就不会更改——我们的办法是等待时机，等这个方法露出了破绽，我们再跟女王陛下分析——这战斗的损失最好不要太大。"商伯良很从容，很智慧。拉瓦锡连连称是。

后来拉瓦锡和商伯良又商量了一阵子这件事情。商量的结果是，他们两个人应该回到法国了，是时候了，该迅速返程了。因为罗尔邦先生的信中还着重提到，现在的法国可是内忧外患，革命党人的势力也在呈几何式上升。"如果我现在不回去，估计以后也用不着回去了。"商伯良感叹道。

在离开埃及的前一天，拉瓦锡在卫生间里面方便。他想，已经有好几天没去看他的阿伊达，阿伊达会想念他吗？但他又不怎么敢去见阿伊达，怕她的温柔挽留住他。他想带阿伊达去法国，但是这个提议已经被商伯良拒绝了——"你以为我商伯良是旅行社的人啊？"他也不可能留在这里。唯一的解决方法是，去见他的情人最后一面，留一个承诺给她，留一点儿希望给她。他选择在临走的前一个晚上，然后他第二天必须走，这样比较容易拒绝被挽留。他会在阿伊达面前发誓有一天会回到埃及，来迎娶他的新娘，只要阿伊达能够同意。想到这里，正在方便的拉瓦锡居然泪流满面了。

他自问：试问，我拉瓦锡是不是一个绝情寡意之人？

答案被他自己否定掉了。

然后又问：试问，那我是一个流氓吗？

自己给出的还是一个否定的答案。

然后他又莫名其妙地试问了几遍，先假设自己是一个坏人，然后否定，这样自己就不是一个坏人，而是一个好人了。怀着这样一种心态，他准备傍晚时分出发，找他在异国他乡的恋人——阿伊达。他决定要给亲爱的阿伊达一个承诺，一个希望……

在说到拉瓦锡就要见到阿伊达的时候，我们的秃头历史老师愣了一愣。开始我认为拉瓦锡和阿伊达就要发生什么不测了，后来我认为老师有胃病就要打嗝了。其实这先后两个认为都有错误——老师的目光盯着窗外，我甚至认为窗外此时正站着港台明星张曼玉。我也很喜欢这个明星，所以我顺着老师的目光和视线，找到了老师的目标。我认出来了，窗外站着的女人不是什么张曼玉，而是昨天那个甩老师而去的好看女人——身材那么窈窕的女人。上次只看到了窈窕的身材，这一次脸也被我看到了。我敢说，这个女人绝对不比张曼玉难看，如果跟整容前的张曼玉相比的话——我的意思是，假设张曼玉整过容——还要比她好看。我感叹道：历史老师的眼睛不好看，三角眼，眼光倒是真不错。

老师放下手中的讲义，跟我们说："待会儿再让拉瓦锡和阿伊达相见吧。"说完他夺门而出去见他的张曼玉了。班级里的同学因为拉瓦锡和阿伊达没有及时相见而一片哗然。

此时此刻，我正坐在离窗最近的位子——以前我是习惯坐最后一排的，后来发现有时候听这个故事会听不清楚，所以就往前坐，越坐越往前，一直坐到这里。在这样有利的地形下，我看到这个女人脸上一粒雀斑都没有，很罕见；她的胸部被粉红颜色的上衣遮住了，但是遮不住的是胸部的曲线；我还看到她神情紧张，但是故作镇定。我偷偷地打开窗户，不让任何人发现。我这样做的目的在于，想听到老师和她之间的对话。我想我不是一个八卦的人，只是我对他们之间的事情感兴趣，而且想知道发生了什么和将要发生什么。

老师问道："你来干什么啊？"

女人回答："来看看你的学生。哦，还有你精彩的吸引人的讲课。"

"我的学生有什么好看的？况且你来听我的课，隔着窗子怎么听得清楚啊？"秃头的历史老师质问。

这个好看的女人四下里张望，然后看到我正瞪着眼睛竖着耳朵注意着他们。我看到她将要回头看到我的时候，马上别过头去——当然我反应比较迟钝，还是被她发现了马脚。谢天谢地，她没有告发我，只是对老师说："喏，这儿的窗户不是开着吗？"

老师看了看窗户，觉得无可反驳。女人就继续道："你的学生都很有意思啊。怪不得你对上课、备课都那么痴迷。"我猜测她大概在说我有意思，可是我不知道我是该高兴还是沮丧。

老师说："我可是老师啊。"说完装成很委屈，好像有人要打他。可当一个人说了一句废话的时候，连我都想冲上去揍人。

女人说："现在啊，师生恋正是流行的时候。"说话的时候很明显加重了语气，类似在嘲讽谁。她看到我的老师没有什么反应，没有赞同没有反对，又继续看了一会儿。没想到我的老师还是没有反应，她就愤愤地说道："真是搞不懂你，你就无药可救吧，死人。"抛下了这句话后，她表现得很颓废，有点儿要崩溃的样子，像一座冰山被一艘大船撞到了——我的老师就是那艘大船。老师看到这个漂亮的女人转身很快地走了，还是那种委屈的样子，伸出他的下嘴唇。但他想到了他得继续上课，因而转身走进教室。当然，他一向走得很慢。

在整个对话的过程之中，我没有听出什么端倪来，有点儿失望。但我听到了师生恋，总算有所收获。我猜测出，我们的秃头老师要跟我们班上哪一个漂亮女生产生爱情的火花了，这真让人兴奋不已。根据我先前的经验，秃头老师的眼光不错，所以他找的一定是漂亮的姑娘，但我环顾四周，没有发现我们的班级里有什么绝世美女，也没有找出像张曼玉的，于是我就疑惑了：要跟秃头老师师生恋的到底是谁呢？

老师走进了教室，缓缓翻开他的讲义。我并不担心老师因为这样一个尴尬的人的到来而影响到给我们的讲课。有一次他被上头批评了，还是那么神采飞扬。我依然准备记下阿伊达和拉瓦锡这段美丽的爱情故事，我意外地发现，老师的眼睛看了看我，那种眼神很少见。我把它理解为：你为什么要偷听我跟我情人的对话呢？真是不像话。——我不知道我理解的到底对不对。

老师看了我一眼之后就继续讲课了。

老师说，当拉瓦锡站在阿伊达的帐篷外的时候，他看到了帐篷附近整整齐齐地摆放着大捆大捆的玫瑰花，看来这个姑娘经营有方，生意不错；另外的可能是，她这几天都没有去工作，多余的花都没地方放了，她真懒。很多玫瑰花因为时间长而枯萎了。拉瓦锡他想道：也许这就是爱情，长时间地不经营，会使新鲜的花朵渐渐老去枯萎死掉，会使爱情褪色。明天他将回到法国，不知道什么时候回来，不知道什么时候能再见他的爱人，他真想带着阿伊达一起飞向他的祖国。他满怀悲伤的像个孩子，久久地注视着他爱人的住处。里面的烛光已经熄灭了，也许阿伊达已经睡了。

可是帐篷里面突然传出了响声，类似木头撞击木头，具有毁灭性的声音。这让拉瓦锡发慌，他以为里面有贼了，正在窃取阿伊达辛辛苦苦赚来的钱财。他很想马上冲进帐篷，和这个小偷展开激烈的肉搏，当然最终还要将其制伏。或许，这还可以当作拉瓦锡离开阿伊达之前最后的礼物……拉瓦锡幻想着。可是拉瓦锡马上停止了幻想，因为里面传出来了阿伊达的声音，在这荒野，阿伊达的声音具有无限的穿透力，像一头健康的母狮子的呻吟，毒蛇的呜咽。拉瓦锡仔细分辨，这声音又是他那么熟悉的声音——就是那个——他和阿伊达——在尼罗河畔——轰轰烈烈地进行恋人之间的友谊——阿伊达发出的声音啊。

想到这里，拉瓦锡呆若木鸡。阿伊达和另外一个男人在这里面进行着另外的友谊，如果他的爱人做出了如此肮脏的事情，他哪还能支撑下去……

拉瓦锡转身蒙面而去，在一片旷野中，像头强健的公牛，发疯似的奔跑，抽泣着奔跑。拉瓦锡的身上憋足了一股狠劲，发泄出来可以杀死不少人。他狠命地咬牙切齿，几乎把牙床咬碎——他不明白为什么会发生如此不可思议的事情。他的泪水能把他整个人遮掩住，这很好。他让自己不再喘息。

在疯狂地奔跑了一阵子以后，拉瓦锡跑不动了。他不是运动员。他无力地躺下来，躺在一片寂静里，心脏在狂跳："咚，咚，咚……"像寺院的木鱼被连连敲击，快速而有规律。拉瓦锡放弃了对他自己身体的控制，寒冷的气流直接钻进了他的心窝……"试问，这还有天理吗？"拉瓦锡喃喃地自言自语。

一个小时以后，也许是两个小时以后——拉瓦锡对时间没有了概念，他爬起来走回自己的住处。开门，躺下，没有惊动任何人，也没有惊动他自己。他希望不知道什么时候，还能从这张床上起来。

床上的另外一个人，身体起伏地活着。

第二天凌晨，商伯良一如既往地早起。他看到鞋子都没有脱下来的拉瓦锡一身的泥巴，就躺在他们的床上，他有点儿恼怒——虽然是最后一天，也不必要弄成这个样子吧。但看到拉瓦锡睡意还很浓，也就不去打扰他的伙伴了。他首先来到卫生间，每天他都这样。在那里，他不仅可以刷牙洗脸，还可以记些东西。在厕所里记东西还是最近养成的习惯，因为在外面走廊或者阳台都会有拉瓦锡的打扰。拉瓦锡时而从背后，时而从身前，还会从他脚底下以不同的角度出现，令他防不胜防。他的这个工作是秘密的，他不想让别人知道他在干什么。（老师说，其实商伯良是在写日记。同学们都"哦"了一声。）但是有关写日记，还不是最准确的说法，准确的说法是：商伯良是在练语法。

自从他迷恋上古埃及文化，便对古埃及文字产生了兴趣。由于这个人太有天赋了，马上就搞通了这晦涩的语言——只是搞通，还没精通。为了早日精通，他觉得有必要用写日记的方式巩固自己的成果。（老师说，你们都看到了吧？这才是学习的方式。）商伯良还觉得，日记的内容不是特别重要，重要的是日记本身。但除了日记本身，商伯良又觉得什么都没有。他曾经想写来埃及的缘由，但这个已经告诉他的好朋友德·罗尔邦先生了；他想写自己先天的秃头给自己带来的困惑，但是觉得很丢人——因为假如有一天被人家翻译出来，就很难堪；他想写对人事的看法，出于如上的原因，只写了一点点。例如，他说拉瓦锡：这个人有点儿本事，也有点儿孩子气。这样的话完全不真实，但他写不出什么真实的想法。他只觉得跟拉瓦锡在第一天晚上的对话还有值得研究的地方。

有些日子他还写到了阿伊达，但是他用了极为潦草的字体，估计古埃及文字的翻译者也翻译不出来。他说阿伊达这个女人很危险，所以拉瓦锡已经很危险了。他觉得阿伊达代表了一种古埃及的原始精神，但是不代表爱情……

虽然实质上这本日记本没什么主题，商伯良的啰唆话却充斥了整整一本子——这也许是这次商伯良来埃及的重大收获，商伯良也就把它很当一回事情了。（老师说，不是重要的东西才是珍贵的，珍贵的东西往往凝聚了人的期待和努力。

下面一片掌声说明老师说的话有道理。）

商伯良今天要写的是这最后一天的日子，他写道：

我们就要回去了。拉瓦锡这个死人还在睡觉。
我有点儿寂寞，有点儿无聊，但这就是我的生命……

写到后来，商伯良有种匪夷所思的伤感，尤其是看到落
魄的拉瓦锡躺在那张干净的大床上，以后他们将永远也不能
睡这张床了——他就有想哭的冲动，然后他又写道：

我感觉欲哭无泪。

但是写完了这句话，他的不争气的泪珠子就掉落下来——
跟昨天拉瓦锡在这里方便的时候的气氛一样。为了不让这种
气氛蔓延，商伯良扔掉了日记本。就是扔掉也不能让拉瓦锡
看到——对日记的处理方式大多这样。商伯良就把墨绿色的
本子放在一大堆草纸之下。他准备如厕出来以后找拉瓦锡说
话，聊聊国家的大事情以及回去以后的对策。

他跑到床的边上，推了推拉瓦锡："太阳都照到你的屁
股上了。快起来。"

拉瓦锡一脸迷惘，睁开蒙眬的双眼。他的心情还很沉重。
昨天晚上，拉瓦锡失去的不仅仅是一个爱人，他还失去了他
的爱情——这次回国，失去爱人已然是敲定的事情，但是爱
情原本是不会失去的。早晨让人足够清醒，拉瓦锡又想到了

昨天晚上的经历，他听到的一切。他猛地站立起来，神情恍惚地上了卫生间，甚至没有搭理商伯良，这让商伯良不明白究竟发生了什么事情。

拉瓦锡进了卫生间之后，重重地关紧了门，这就暗示着：商伯良你可不要跟过来跟我抢这个卫生间。但是到了卫生间里面，拉瓦锡又丧失了全身的力气。耳边弥漫开来阿伊达的纯洁声音，她的脸，手儿，小腰，美腿以及等等——他又按捺不住那种冲动，坐在马桶上掩面大哭。这种哭法很像商伯良在日记中写到的："像个孩子。"（老师说，其实这四个字就在拉瓦锡的屁股旁边。）

拉瓦锡越哭越伤心，他没有想到找商伯良谈心可以使他暂时忘记伤心的理由；他只知道不停地用草纸吸干他脸上的泪水。草纸一张一张被掀起，而那本墨绿颜色的日记本也在向悲痛欲绝的拉瓦锡走来……

老师看看窗外，看看我们，看看讲台，然后合上讲台上的讲义。这一切说明，这堂世界近代史的课已经结束了，但我们丝毫不知道是什么时候结束的。我们的老师茫然无措，有个女人来找他问话让他变成一只秋天的虫子，不知道冬天什么时候会突然来临。也许冬天来临的时候，正是很多东西丢失的时候。

我丢下手中的钢笔，看着我的老师苍凉离去。

【13】

历史老师二话没说，屁话不讲，把一本很厚的讲义扔到了桌上，调整了一下站姿，就开始给我们讲课了。

老师说，拉瓦锡眼泪很多，所以草纸不够用，一张一张，最后终于被耗得精光，可见有多伤心。当他还想继续伤心的时候，他没有摸到能吸水的草纸，而是摸到一本不吸水的日记本。拉瓦锡左看右看，发现很眼熟。除了眼熟之外，他什么也没有想起来。因为他当时太伤心了，他自我安慰道："以后一定能想起来的。"他翻了翻里面的内容，厥倒，因为那是天书。他又想：肯定是个秘密。既然是一个秘密，拉瓦锡就有理由把这个秘密揽在怀中。他的眼泪就快哭完的时候，他发了一会儿呆，然后把这本本子插在腰里。哭也哭完了，伤心用的草纸也用完了，拉瓦锡象征性地抽了一下马桶，在一片轰鸣声音之中，他走出了卫生间。

一个把眼泪哭完的人，要么双目失明，要么两眼红肿，拉瓦锡是第三种：他两眼乌青，就像刚刚被人打过，看上去精神萎靡。在他背后的卫生间里面，草纸堆积如山——幸好没有用来擦屁股，不然这成山的草纸堆里不知道有多少脏物。商伯良看了看那些草纸，突然想起什么来。想这下危险了，然后就冲进去翻箱倒柜地找那本对他来说很珍贵的日记本子。商伯良想：要么在草纸堆里，要么被大水冲掉了，冲进了马桶。（老师说，这日记本也太迷你了，都能被马桶冲掉。然后有一个同学站起来说，老师你说的不对，那是因为马桶太大的缘故。老师抓抓后脑勺，对那个同学说，你真聪明。）如果是后面一种，那什么办法也没有了。然后商伯良就期盼着能从那成堆的山里找到绿色，找来找去，没找到。（老师又说，这就真正是欲哭无泪了。）

后来商伯良又侥幸地想：会不会在拉瓦锡身上呢？这是一个人对最后希望的祈求，他问拉瓦锡："兄弟啊，你在里面用那么多草纸干什么？你有没有撕本子啊？一本蛮厚的本子，绿颜色的。"他焦急的表情印刻在自己的面门上，就像丢了球的孩子一样。

拉瓦锡只是摇头，假装不知道——他也实在是没什么心思回答任何问题。

商伯良看到拉瓦锡摇头，彻底失望，眼巴巴地看看马桶，一副追忆似水年华的样子。他也坐到床头开始号啕大哭。这次来埃及的重大收获已经给马桶冲走了，他能不伤心吗？埃及残余的印象留在了商伯良失落的脑海之中……

傍晚时分，两个心怀鬼胎、失魂落魄的人，共同离开了埃及开罗。

　　说到了这里，老师舒展了一下自己的身体，轻轻地说：
"埃及也总算讲完了。"似乎他讲埃及讲得很累。他停顿了
一下，从口袋里摸出一根烟，点燃。老师摆摆手示意我们自
修，可我们完全不知道自修些什么东西，只好各自发呆。如
果班级里有一个美若天仙的女生，这时候就能派上用场了，
可惜没有。我翻了翻自己的笔记本子，已经记了很多了。我
突然觉得这就跟商伯良的日记本子一样重要，如果有一天，
我失去了这本本子，也是对我一个天大的打击。我紧紧护住
这个本子，心想，千万别让别人知道。如果别人都不知道的
话，这本本子就能安全了。
　　老师抽完烟以后，就继续了他的课程。

　　老师说，现在故事重新回到法国巴黎。拉瓦锡和商伯良
携手踏入国土。本来的话，他们应该都很兴奋，都很愉快，
轻松自如，等等。可是他们两个不约而同地感受到，有一种
新的气氛笼罩了他们的城市，甚至笼罩了他们的国家。很多
的店铺都关门大吉，包括行政部门也是——"这太奇怪了。"
拉瓦锡说道。
　　"是很诡异，祖国可能已经处在危险之中。"商伯良谨
慎地说道。
　　"奇怪归奇怪，你也不要诅咒国家啊。"拉瓦锡说。
　　此时街上行人稀少，但仅有的几个行人都长了翅膀一样、

像老鼠一样不肯在街上停留半步。商伯良让拉瓦锡去抓一个路人来问问，拉瓦锡摇头晃脑地就拦住了一个中年妇女："有什么能帮忙的吗？你为什么如此紧张？难道这里发生了什么重大的事情？"

中年女人正如拉瓦锡所说，神色慌张。她盯了拉瓦锡看了一阵子，但是看不出拉瓦锡是不是坏人，因为此时拉瓦锡满脸堆笑，表现得极为热情礼貌。可是中年的女人愣是一手推开拉瓦锡喊道："滚，你这个小流氓，老娘可不是好惹的。"

拉瓦锡不仅摇身一变成为一个小流氓，而且还摇身一变成为一个弱智儿童。他瞪着眼睛，企图把眼珠子从眼眶之中射出来，以此攻击他面前的中年女人。他觉得自己既不是小流氓，也不甘心就此滚开，拉瓦锡甚至还想看看这个"老娘"究竟有什么不好惹的地方。于是他站稳脚跟，双手叉腰，厉声问候："试问，我哪里像小流氓啦？"正当拉瓦锡趾高气扬之际，他的小腹被这个中年女人的右拳狠狠击中："哟。"拉瓦锡连声叫唤，差点儿就要哭爹喊娘。

中年女人拍拍手说："跟你说了，你还当我放屁啊？还不快滚开。"

拉瓦锡蜷起身子蹲了下来，有一种巨大的疼痛折磨着他。他右手撑地，回过头来看看不远处的商伯良，但是商伯良四目远眺，根本没看这里，还悠扬地吹着口哨。拉瓦锡想，那边的那个秃子才像流氓呢。但是他对这个女人怕了，跟这位"老娘"欠了身子，说了道歉，然后走掉了，退回到商伯良那里。

商伯良正经地问道:"打听得怎么样?发生了什么状况?"

拉瓦锡还在用他的手捂住肚皮,回答道:"很疼。"这个答案令商伯良无法继续问下去。他们只是觉得自己的国家有点儿奇怪,其他的也没什么。

后来他们入了宫,准备向女王陛下报到。两个人站在皇宫的门口,发现皇宫被看守得很严实——联系到街上行人的古怪,不愚蠢的人应该能想到,这个社会要出乱子了。

"您猜到底要发生什么?商伯良先生。"拉瓦锡问道。

"不是将要发生什么,而应该是已经发生了什么。总之不是什么好事情。但是要发生的总归会发生。"商伯良紧锁住眉头,指着正前方,对拉瓦锡说,"你看那里。"

拉瓦锡定睛一看,有一个年轻人正在练一百米的冲刺,速度看上去很快。那个小伙子的手里有一根类似火筒的棒状物。(老师说,这一点很像《英雄儿女》里的王成。)他猛地冲进了皇宫大院,随即一声"轰隆"巨响。(老师又说,这一次很像恐怖分子利用飞机炸掉了世贸双塔。)拉瓦锡和商伯良两个人见状马上捂住脑袋转身趴下。拉瓦锡反应比较缓慢,趴下就缓慢,身躯又庞大,结果他的屁股被"轰隆"之后飞过来的碎片割破了。拉瓦锡只是觉得他的屁股被谁轻轻拍打了一下,但是拍得很干脆,因此还是很疼。他打算去揉揉他的屁股,结果就揉出了一大摊的血:"哇,这次惨了。"他卧倒在地上差点儿就要吓出什么毛病。

外面的"轰隆"声音不绝于耳,建筑物不住地倒塌,皇宫外院的小动物又飞又叫，很热闹……

过了一分钟，四周渐渐安静下来。商伯良从一片砖瓦中跳了出来，就像孙悟空出世。跳起来以后，马上奔向内院。拉瓦锡跳起来以后直叫："真是太惊险了。"但是看到自己受伤的屁股上的血，又感叹道："真是太凄惨了。"这回他也总算明白过来了，有人在耍阴谋诡计，也有人在犯傻，不仅炸开了大门，还炸开了自己的身体。商伯良赶忙进去弄清楚里面的损失，他看到有两个门卫死在一头，死得又难看又可怜。商伯良叹了口气："作孽啊，作孽啊。"

拉瓦锡也赶了过来，提醒正在作孽的商伯良："喂，你的脚踩到了那个跑一百米的人的屁股了。"商伯良低头一看，果然在他脚下有一块没有头没有胸没有脚的"三无"屁股，大惊失色，然后迅速跳开。

里面有人闻讯赶来，因为这一声"轰隆"声音也太大了，已经属于噪音的范畴，把里面正在打牌、睡觉、发呆的人统统惊吓到了。十来个穿厚重衣服的人冲出来就摁住了拉瓦锡和商伯良。有一个带头的大声骂道："好大的胆子，搞破坏竟然搞到这里来了，简直就是太岁爷头上动土。"

另外一个带头的也插话说："好大的胆子，在太岁爷头上动了土之后还敢不跑掉？"言下之意是忙活了他们，还不让他们省心。

在众多大个子的包围下，商伯良和拉瓦锡无力反抗，只好大叫冤枉。他们勉强说出了自己的身份，而这些人不相信。商伯良让他们帮忙掏出身上女王写的亲笔介绍信——这是为了在埃及行方便用的——那些人传阅了以后，意料之中地没看明白。虽然没看明白，但也觉得事关重大，应该报告上去。报告上去以后，商伯良和拉瓦锡就重新得到了自由。他们获准去见女王。

女王正端坐在议事大厅里面，本来是在讨论如何抵抗英军的来犯，谁知不远处打了一个"响雷"，（女王听见了巨响后问发生了什么事情，大臣中有一个报告说打了一个很响的响雷。）把整件事情就给搅和了。后来有人上传是商伯良来了，正等在外面求见。我们的女王——玛丽·安托瓦内特陛下就喜不自禁，快快要求商伯良上来。

商伯良在门外整理整理他的假发，拍拍身上的灰尘，并要求在他身后的拉瓦锡照做，然后正步走向大厅的中央。这个大厅气派得很，装潢精美，红柱参天，桌子椅子宛然如玉砌成。拉瓦锡可是紧张得很：多大的场面啊，比巴黎大学的那个聚会可规模宏大得多。他莫名其妙地来到整个法国最重要和最高贵的地方，法国的总头头玛丽·安托瓦内特女王陛下正在她的椅子上看着远方。

玛丽·安托瓦内特女王陛下身材高挑儿，就是坐下来，姿态也很挺拔。拉瓦锡从来都没有看到过如此挺拔的体态。女王看到了商伯良完好无损地从埃及归来，兴奋之情溢于言表，没等商伯良请安，就开口说道："商伯良啊商伯良，你总算是活着回来了。可是你回来怎么也不先通知我？"

商伯良赔了一个不是，解释道："埃及那里的通信设施很差，我倒是还能收到女王陛下的消息，可我完全不能发送我的报告和对您的敬意；到了这里，我的祖国，我还是没有办法通知到您，外面的办公大楼都是关着的，路上的行人也很稀奇古怪，我想尽了办法，还是不能把我的消息传递给您，女王陛下。"

女王说："哦，是这样啊。形势的确已经很不妙。我们没能如愿地击退英国人的进攻，敌人越逼越近。现在国内都是人心惶惶，很多过激的人们已经组织起来反对政府的力量，这真让本座伤透脑筋。刚刚外面还打了一个雷，我都快神经衰弱了。幸好你回来了，我想你一定能解除我的后顾之忧。我最信任的人就是你啊。"

"打了一个雷？"商伯良一脸诧异。

"哦，是啊。伯良难道是没有听见？"女王对商伯良的一再亲昵引得大臣们一片哗然。聪明的女王马上改口："商卿真的没有听到吗？"

"嘿，刚刚哪里是雷啊，是一个极端分子用雷管炸开了皇宫大院的门啊。陛下。"商伯良大声地说出了真相。那位刚刚欺瞒女王的大臣往后撤了一步，以希望女王看不到他从而想不到他。

女王果然没看到他，也没想到他，只是向商伯良进一步求证："真的吗？这么严重？"

这时我们的拉瓦锡上前一步，说："陛下，商伯良所说的都是事实，乃我跟他目睹的真相。不信您瞧。"拉瓦锡说完转了一个一百八十度的身子，让女王能够看清楚他的屁股，还有他屁股上的血迹，他解释道，"这就是雷管所伤。"

女王看到了血淋淋的事实，才确信是爆炸事件，想问清缘由："那么究竟是谁干的呢？"女王似乎没有注意到拉瓦锡只是关心了一下子他所提供的证据。

这个时候从女王旁边走出来一个高大男子，他脸色黝黑，像非洲人一样，长相也难看。在走出之前，他还往商伯良这里瞟了一眼，但是没有任何表情。拉瓦锡愣了一下，然后终于认出了这个丑男，就是原来商伯良身边的助手，在埃及经常给商伯良提供消息的德·罗尔邦先生。因为他恶丑，所以拉瓦锡对他印象很深刻。

德·罗尔邦先生说："极有可能是乱党所为，这是他们经常使用的跟我们政府作对的方式。但也不排除是英国人搞的鬼。"这个男人的沉稳让人感到害怕。

"那些看门的都跑到哪里去啦？有没有抓到凶手？"女王质问一旁的大臣。但是商伯良却抢先说道："门卫都给炸死了，爆破者是以自杀方式搞的破坏，也已经死了。"

"是的，侍卫和爆破者死在一起，爆破者的尸首已经不全。"拉瓦锡再一次发言。这回发言拉瓦锡用的是正面，这让女王陛下可以好好打量这个小伙子。女王马上被震惊了：多么帅气的年轻人啊，多么雄壮的气势啊，比商伯良要帅啊，罗尔邦跟他更是没得比啦。女王陛下心里暗暗地想。然后她问商伯良："商卿，这位站在你身后的年轻小伙子是谁啊？可不曾见过面啊。"

"回陛下，他是巴黎大学的大学生，这次我去埃及特别邀请的得力助手。"商伯良说道。但是他想到因为拉瓦锡而使自己的宝贝日记本子丢失，以及还要背这个死人出金字塔墓穴，恨不能说成是"失力助手"。

　　女王听罢，对拉瓦锡深情地点了点头……

　　老师说完女王向拉瓦锡点头之后，也对我们全班点了点头——他一定以为自己就是女王了。这头一点，也就意味了我们的这堂世界近代史的课已经结束。

时光流逝，已经快要到一年的尽头了。秃头老师穿了更多的衣服，他把自己裹得严严实实的，看不出来他有没有穿红色Ｔ恤。即使穿了很多衣服，老师的身影还是那么消瘦，一进来还咳嗽连连，鼻涕流了一堆——也就是说，他生病了。他旋即掏出他的手帕，（亏他还有手帕，大概要装斯文吧。）收掉他的鼻涕，这一切都那么自然。坐在教室的最右边第一排的我看到了令人兴奋的一幕场景：在老师掏出手帕的同时，从他的口袋里掉出来一封信，黄皮的信封，信封上写了寥寥几个字，但是看不清楚。我猜这封信就是情书——一个男人只会把情书放在身边，家书是要放在枕头底下的。

我兴奋的原因在于：老师把信封带出来以后自己并没有发现，他正在为自己的鼻涕而窘迫；同学们被破旧的讲台挡住了视线……也就是说，我是唯一知道这封信下落的人，我可以处置它了……

我双手紧紧握住，像在祈祷什么，我在等待下课铃声的来临。我甚至无心记笔记，抽出钢笔的时候，我的手还在微微发抖。我根本不知道自己为什么会如此紧张。心理素质太差了，还有什么窥阴癖。

老师面对着包含一个窥阴癖的众多同学说，他感冒了，嗓子也不好，请大家多多原谅。然后迅速来了一个我们必须原谅的喷嚏，把我们大家吓坏了，乱作一团。老师乘乱，开始了他的讲课。

老师说，玛丽·安托瓦内特女王陛下一点头，把她架在鼻梁上的金边眼镜——当时是多么贵重的饰物——点了下来，这副价值连城的眼镜从高处重重地掉在了地上，众臣大惊失色，但是不敢声张，谁声张谁就有可能掉脑袋。只有我们的商伯良（现在老师称呼商伯良和拉瓦锡都要说"我们的"，不知道他有什么企图。）走上前去，拾起这副眼镜，走向女王。（老师问，有谁知道为什么是商伯良去拾眼镜呢？众人摇头，纷纷成为摇头机器。老师眯着眼睛笑着解答，那表明了商伯良的特殊地位啊。然后众人纷纷点头，转眼之间又都变成了点头机器。学生就应该是这样的。）

丢了眼镜的女王陛下并没有人们想象之中的惊慌失措，她泰然自若，仪态万方。人们甚至猜测，她正等待她的商伯良为她效劳。值得一提的是，失去了眼镜掩护的女王，被大家看到了她的双眼——左边的眼睛大，右边的眼睛小。拉瓦锡也发现了这一点，更对女王和商伯良的关系起了疑心——连这个都有默契，不用说他们两个人之间肯定有那么一腿。

拉瓦锡发现了这个公开的秘密以后很兴奋，很希望别人来询问他："是怎么一回事情啊？"然后他说："就是有一腿啦。"这样他就能满足了。

大厅里面只有德·罗尔邦一个人与其他人的神情不同，不那么紧张，不那么好奇，不惊恐，完全就是没有任何表情。也许他要双手握拳，也许他要拱手祝贺，因为他什么表情也没有，所以我们猜不出他要干什么。在女王和商伯良眼神交会的刹那，也就是商伯良把那副眼镜亲手交给女王的刹那，下面突然之间又是一片掌声。（老师说，这片掌声代表了一个高潮。任何高潮以后，一切都会趋于平静。）掌声完毕，女王重新戴上眼镜，大家各就各位，女王继续带领众臣讨论怎样对付英国军队的问题。拉瓦锡一鼓作气试问了很多，包括用火怎么可以攻打海面上的军队这个关键问题。在一帮人的讨论之中，拉瓦锡舌战群儒，就像当初舌战老教授一样，获得了最后胜利。女王在商伯良的建议之下，也否定了用燃素火攻的计划。拉瓦锡终于长叹了一口气。

第二个讨论的是如何镇压革命党人的问题。商伯良的意见是：攘外必先安内。女王同意了停止一切其他工作（除了必须抵抗英国人的挑衅之外），先专心致志地把革命党人造反的事情摆平。

第三个讨论的是商伯良回来要担当什么职务的问题。后来大家又建议给初出茅庐、但是很有见地的拉瓦锡一个职务。女王希望德·罗尔邦先生给点儿意见，但是他说他牙疼。有不少人也对这个问题缄口不语，因为这可能损害他们自己的利益，或者得罪女王和商伯良。最后女王亲自点将，任命从海外回来的商伯良为料理国内事务的大臣，鉴于拉瓦锡在对付英国军队方面有自己的观点，暂时任命拉瓦锡为辅助国防大臣——甚至还可以自己拿主意。一大片人心怀鬼胎，但都没有反对的意见。

女王心里暗暗想道：这下两个人都尽收眼底了。

后来在英法的第二次重大交锋中，拉瓦锡成功运用了他化学上卓越的知识和素养。他利用洋流（这是商伯良给他的信息）的流向，在大海中倒入无数生石灰；利用季风（这也是商伯良告诉他的风向）在洋面上释放无数毒气，招招致命。站在对面舰艇上的英国军队破口大骂骂完之后，都很痛苦地跌进滚烫的海水之中，被煮熟了。这样就很快消灭了敌人的大部分有生力量，也烧熟了大量的海鱼和大量的海鸟。（老师说，这场战争打得很不环保。）虽然打得很不环保，但是拉瓦锡所率领的军队取得了英法大战有史以来最伟大的一次胜利，并且自己人基本上是毫发未伤。除了国内的农业和工业减产之外，法国人基本上是很开心的。

凯旋的拉瓦锡，像一个光荣退休的老首长一样，在巴黎接受了女王的亲自欢迎。除了女王之外，所有的爱国市民也对他夹道欢迎。女王在市中心的广场上，激动万分，跳下马车，迎面给了拉瓦锡一个亲吻。女王的嘴在拉瓦锡的脸颊上轻轻抹了一下，众多暗恋女王的人们都瞠目结舌——就在这个地点，一个月后就建成了纪念英法大战胜利的"将军之吻"标志性建筑，用来激扬人们的爱国热情和追怀女王第一个公开的亲吻。

国际的事情暂时得到了解决，疯狂的人民在大街小巷不停地游行，（据说，曾经有不少革命党人准备乘机捣乱，但都被爱国的氛围感染了，后来就忘记捣乱了。）有的举起国旗高喊："法国，法兰西，France。"有的直喊："拉瓦锡。"还有的给拉瓦锡画了一张头像，但是估计这个人没见到过拉瓦锡本人，所以画的离拉瓦锡差得很远。拉瓦锡躲在一幢行政大楼里听到有人叫着自己的名字，把自己当作英雄，并且看到一张跟自己完全不一样的画像下面写着他自己的名字。这一切让拉瓦锡很兴奋，但除了兴奋之外，他自己有点儿哭笑不得。

后来在总结的大会上，普利斯特为提供了一个错误的作战方案而公开认错，并主动辞去了巴黎大学化学系主任的职务。一年以后他归隐农村，种田养老。由于他有大量的化学知识武装自己，并付诸实践之中，取得了良好的效果。后来他还培育出大颗粒的小麦品种，也算为社会尽了最后的力量。一代鸿儒的命运就是这样的。

在镇压国内革命党人的斗争之中，商伯良却遇到了很大的困难。几次围剿都告失败，而且经常被革命党人玩弄于股掌之中，草木皆兵，这些真正的革命分子却老是神龙见首不见尾。纵使商伯良有极大的天赋也拿他们没有办法，所谓道高一尺，魔高一丈。在革命分子之中，有着同样以少年奇才自诩的江湖浪子——圣鸠斯特，他拥有出众的领导才能，但是更详细的情况商伯良就一点儿也不知道了。还有一个叫马拉，也是乱党中的领导，他在民众——包括良好市民中都有很大的威望。他到处开讲座，政府却拿他没有办法，因为他的威信实在是太高了，民众爱戴他，商伯良也不敢轻易得罪大众。

女王陛下看到商伯良在很长时间内都没有办法，一方面有点儿责怪的意思，另外一方面还是寄予很大的厚望。她派了对外战争中的功臣拉瓦锡，希望这两个人双剑合璧，拔掉她的眼中钉。

老师的课讲到了这里，鼻涕又已经流了半脸，他有点儿不好意思，把手再一次伸到口袋里，摸出手帕。这一回没有带出来第二封情书，可见他只有一个情人，没有第二个情人。作为一个秃头，有一个情人已经算是不错了，我对老师没有更大的奢望。他又连续打了几个喷嚏，又吓唬了一阵子同学。我倒是没在意，我只在意什么时候下课，我只在意能够读到那封神秘的情书，我甚至认为，那封情书才是老师流鼻涕打喷嚏的真正原因。

老师收拾完鼻涕继续说道，有一天女王陛下召见拉瓦锡。拉瓦锡听到这个消息以后紧张得不得了，他还沉醉在英法战争胜利的喜悦和获得"将军之吻"的甜蜜之中。他穿戴整齐，英姿勃发，他想：莫非是女王陛下喜欢上他了？

这时候的拉瓦锡已经建立了战功，得到了自己理应得到的大房子，地位也骤然不同了，他不再是整天做梦成为企业家的穷酸学生了。他乘着马车向皇宫大院驶去的时候，已经是深夜时分。拉瓦锡甚至想道：都这么晚了，还叫我过去，难道女王陛下对我有什么企图吗？但是后来这种猜测就被否定掉了——试问，女王陛下的身份是何等高贵，怎么也不至于看上我这个草芥之身吧？在大庭广众之下给我亲吻的鼓励，那也是在表彰我的业绩——但我到底有什么可表彰的呢？我是化学家？我是军事家？

后来拉瓦锡居然觉得他非但是化学家，还是深谋远略的军事家，因为他不仅击退了敌人，还是用化学方法击退的敌人。想到这里以后，他又一次自我膨胀：我既是国家的功臣，还是科学的巨人，试问，女王陛下又怎么会嫌弃我这样的一科学巨人外带国家功臣呢？然后他就乐了，乐的时候，马车也将他送到了皇宫。

女王已经派人守候多时了，拉瓦锡跟着那个随从经过几道关卡，进入了女王的住地。开门以后，他看见女王端坐在那里对他神秘地微笑，并且摆摆手示意下人尽快离开，关上房门。拉瓦锡看到随从低头出去了，心里就开始"咯噔咯噔"跳了，欢快地跳着。

现在来细看玛丽·安托瓦内特陛下，这位神奇的君主，法国的独裁者——她是那样年轻，那样高贵迷人，最为明显的是那瘦长的身体，谁都想不到世上会有如此美丽的身体，那样洁白无瑕的手臂和腿，即使是穿了衣服，也能看到优美的形状；还有那起伏的胸部，那金边的眼镜，无一不让这个小伙子陶醉。

"拉瓦锡先生，不必拘束，请随便坐。"女王率先开口。

拉瓦锡就近扶了一把椅子，坐了下来。手一摸就能感觉到椅子质料的非同一般，估计也是价格不菲——不用估计，全法国最好的椅子就在他屁股下面了，让人坐上去都身价大涨。这里不仅有全法国最好的椅子，还有最好的桌子，最好的茶具，最好的地板，最好的窗帘，最好的床，以及全法国最珍贵的女人。

拉瓦锡坐下来以后，有种特别的不适。女王从她的座位上站起来，走向手足无措的拉瓦锡。拉瓦锡只好诚惶诚恐地也站起来，下意识地倒退了几步——仿佛向他走来的不是高贵的女王，而是一条身材修长的大蟒蛇。当然拉瓦锡确实应该站起来，否则就有不尊敬女王陛下的嫌疑了。

女王说："拉卿何必紧张，这里只有你我二人，再无其他……"女王的声音柔美而具有诱惑力。

拉瓦锡心头一热，回忆起他来之前在马车上的种种想法，觉得一切都正在变成现实。他点了点头，示意他也知道只有两个人，他不是傻子。

女王指着旁边的桌子，说："那里有波尔多的葡萄酒，拉卿，给寡人倒上一杯吧。可以吗？"

"哦，那是自然，试问，我还不乐意为陛下效劳吗？可是杯子呢？陛下。"

"杯子就在桌子抽屉里。"

拉瓦锡走向前去，拎起葡萄酒。他今天有点儿不自在，浑身的不自在。但这不自在之中，又包含了更多的感觉。当他看到那坛酒的时候，他还想到了一个词：酒能乱性。

"拉卿，你也为自己倒上一杯吧。"女王吩咐。她轻轻地启动嘴唇——那温润的皮肤。

这时候在女王的房间里面只有摇摇晃晃的十几盏蜡烛，如果有风的话，随时有可能被风吹灭。可是房间里空气停滞，就连气流都微乎其微。拉瓦锡的手在颤抖，很久才倒完第一杯，又过了很久以后，才倒完了第二杯。有种恐慌笼罩着他，但他劝自己没什么好怕的，这是幸福。他小心地举起两杯葡萄酒，转身向风流美丽的女王陛下走来。女王接过拉瓦锡手中的一个杯子，然后与拉瓦锡相互凝视。

女王心想：小兔兔啊，你今晚可是跑不掉了。她看到拉瓦锡伟岸的身材，俊俏的外表——比商伯良和德·罗尔邦要俊俏得多，简直有点儿心花怒放，急不可耐了。她主动走上前，用空着的另外一只手触摸拉瓦锡握着酒杯的手，翻来覆去地触摸，细细触摸，眼看一切就要发生了……

老师将故事在此处暂停，不让一切马上发生，因为下课的铃声已经来临了。我的心并没有为故事的紧张而提心吊胆，但它还在狂跳，我的眼睛紧紧地盯住那封被遗弃在讲台之下的情书，一刻都不停止。

【14.5】跟踪

　　老师临走的时候，竟然在看我。他发现我没有朝他看，大概是失望的吧——我的目光是直指着那封躺在他脚跟附近的信的。他怀疑地留意起自己的脚跟来——这正是我最不希望发生的事情，我几乎要跳起来阻止他发现那封信。但是没等我跳起来，他就已经发现了，并且迅速地收拾了这个残局，他的表情严肃，尴尬。他对我投来了赞许和感激的目光——好像是我提醒他这封信已经掉在地上了。我很想说，呸，谁要提醒你？我的愤怒不是没有缘由的，因为我满肚子的委屈，等了半天，居然一无所获。

　　我绝对放弃不了这种偷窥的好奇心理。有本书上说过类似的话：要消灭一个人刚刚产生的念头，就像射落刚刚升起的太阳一样艰难而不可能。我不能不知道这封情书讲了些什么，被这熊熊的火焰煎熬，有种抓狂的感觉。我看着老师离门而去，马上也收拾完书包——幸好没多少东西，很快我就能跟上他了。

出了校门后，老师骑一辆自行车，我不得不中速跑步，以保持与他五十米左右的距离。我边跑边想好了，我要采取一切手段，不惜一切代价——真像是一个疯了的人——甚至采取偷窃的行为——得到那封信。只要跟他到了住处，我就不怕他不离开半步，我被一种神奇的力量牵引，为了发现一个谜，一个秘密，我正是要去破解它。

戴着帽子的秃头老师缓慢地骑着车，我小声呼吸，中速跑步。天气很好，很适合这样的运动，中饭也吃得刚好，让我有足够的体能。在过了三四个街角以后，老师下车了。他把自行车推入一个弄堂，天色已经昏黄。我到了那个胡同以后，向里面张望，那是一条幽长的小径。自行车叮当作响，召唤着我前进……我寻声而去。

我终于摸黑赶到了里面：一个类似北京四合院的地方，看上去是个死胡同，而且独家独户，是乡村的二层楼格局。哈，这还真是个做坏事情的好地方：流氓可以把小孩子们骗过来拗分（上海话，敲诈的意思。编者注），因为小孩子在这里无处可逃；变态狂也可以把漂亮姑娘往这里赶，摁在地上甚至可以对其实施强暴的行为，因为女孩子在这里还是无处可逃；当然假如警察叔叔们赶到了，坏人们也都完蛋了，因为他们在这里还是无处可逃。

这院子的中间还有几棵大树——没有猜错的话，是无花果树。老师的车停在门口，没有加锁。有一扇木头门半开着，我蹲到一棵无花果树下面，等待时机。我所谓的时机，也许是等老师出门买酱油，也许是等老师出门买可乐，不管他买什么，只要他一出门，我就有机可乘了。这房子里面射出了黄色的微弱灯光，有一个身影在里面晃动——也许不是一个。

我还在树底下等待时机的降临。等着等着，我注意到这幢房子是二层楼，我可以从二楼绕道而下。二楼的窗子是开着的，假如有什么意外，我不能从正面进去的话，这也怪不得我了……而且从树上我能直接上二楼，顺便还能摘下无花果子吃，也不知道有没有果子，估计没有，那就算了——我经历了长途跋涉，也有点儿又累又饿了。

后来有个女人从屋子里面跑出来，把那扇虚掩的门彻底关紧了，这就几乎断了我的生路。我仔细一看，假如我的眼睛没有问题，那个女人就是"张曼玉"。我的天哪，秃头老师跟这个"张曼玉"同居？我简直是不敢相信……一朵鲜花插在一堆牛粪上。此时这个秘密就更显而易见了，是这个女人写信给我的老师，让他今天来这里，她在这里等待。我赶忙从书包中抽出一本书，卷起来垂直贴在门上，用耳朵覆上去，希望能听出点什么来。可惜听到的只是"嗡嗡"的响声，除此之外，什么也没有，效果糟糕。我后退了几步，往高处看看，决定还是从树上爬上楼。

我夹紧我的书包，沿着无花果树向上攀登，我极小心自己的动作，决不发出任何声响，露出破绽。二楼的窗沿很快就出现在我的面前，我一个鲤鱼打挺，钻了进去。老师的防盗意识真是差劲。

老师过的日子真寒酸：简单的陈旧家具，没有空调，没有地板，一切都在80年代，墙面也很晦暗。两个人在楼下也没有我想象之中的热闹，连音乐都没有——既没有爵士乐，也没有摇滚乐，我不觉得这是幽会的好背景。我小心翼翼地埋伏在楼梯口，不敢沿楼梯下去，声音终于从楼梯走道传了上来。

"随便坐。"是女人的声音。我确实估计错了，似乎这里的主人是"张曼玉"。

"啊，我当然不客气。"老师的声音。老师的脸皮真厚。

"我刚刚睡觉呢，先洗把脸去。你喝什么？"

"呃……你这里有什么喝的？"

"水，或者酒。"

"葡萄酒有吗？"

"呵呵，你要这个？有的有的，'长城'还是'王朝'，别的可没有。"女人笑了。

"随便吧。"

"你等等，我去拿。""张曼玉"跑到了一楼的另一处，还好没跑上来，害得我一阵紧张。我猜她把酒放在卫生间或者什么别的地方。然后一记打火机的声音，历史老师这个烟鬼开始抽烟了。

"来了，'长城干红'，喏。"过了一小会儿，"张曼玉"说。

这时候又开始没有声音了，大概两个人正在倒酒、喝酒；当然他们是两个成年人了，也可能在接吻，谁知道呢？我坐在二楼的楼梯与阳台交界的地方，肚子饿得咕咕叫。我想我真可怜，我的时机不会来了，我正想要离开，下面突然传来一阵女人的尖叫，还有玻璃被打碎的声音。

"不好意思，弄脏了你的衣服，真对不起。"老师不停地道歉。

"没关系的，反正是在我家里。我去楼上换件衣服吧。你等等我。""张曼玉"说完，我就赶忙躲到一边去了。阳台上有个近角，正好是我的藏身之处，我不能让她发现我。"咚咚咚咚"有人急急忙忙跑上楼来了。

我又一次看到了"张曼玉"，历史老师的情人，她穿着粉红色的毛衣，淡蓝色的牛仔裤子，一如既往的漂亮，只是淡蓝色的牛仔裤子上面，有酒红色的污渍，这些污渍主要聚集在她的腰部和腹部，少量留在裆部。如果不知情的人光看到裆部的话，就会邪气地想道：这个女人是不是来月经了呢？流量还这么大。他们还会想，这个女人真是不知天高地厚，居然没有用卫生巾。

"张曼玉"来到一个衣柜前面，那里有一面与人等高的镜子，我探头探脑地看着。她在镜子前面扭了几下，还玩弄了自己的头发——真不知道有什么好玩的。也许因为光线的问题她看不清楚自己有多少头发，就伸手开了灯。只要灯一开，她就更不容易发现我了；而且更令人兴奋的是，她开始在镜子前面换衣服了，我真是走了狗屎运了。

她脱下粉红色的毛衣，脱下鞋子，脱下浅蓝色的有污渍的牛仔裤子，脱下格子衬衫——她每脱下一件东西，我就咽一记口水。要知道，我也是一个成年男子了，假如不是在念大学，爸妈也要给我找对象了。我聚精会神地观赏着一幅美丽的风景，如痴如醉，欲癫欲狂。如果她是我的女朋友，我一定冲上去抱住她。这个时候，"张曼玉"只戴了一个文胸、穿了一条内裤，身材简直就是婀娜多姿。我觉得她很适合做内衣裤的广告，一定迷倒万千男子。

她伸手打开衣柜，却又再一次将它关紧，因为她需要那块镜子，来看自己的身体。我陶醉于她那美妙的形体；但是她比我还要陶醉，又开始在镜子面前转来转去，裸着她的身子，我根本不知道她意欲何为。最后她挑了一件低胸的吊带衫，穿在了身上，然后又一次扭啊扭的，接着就跑到了楼下。这时候我不再担心自己被发现，而是担心天气太凉，她穿这么少会着凉的。

果然老师跟我英雄所见略同，看到"张曼玉"一下去，就开口问："这么冷的天，你还穿这么单薄，不合适吧？"我甚至要给老师加上一句：你脑抽啊？

"你不喜欢吗？""张曼玉"反问道。

"呃……"老师没说什么，可能我没有听到老师的答案。后来有很长时间我都没有听到什么，简直有点儿无聊起来。除了无聊之外，我还乐颠颠地回忆着"张曼玉"美妙的身体，直到下面传来了"咚咚咚咚"的响声。我猜想是家具互相碰撞导致，可能是两个沙发之间，反正是吵得很，也不知道发生了什么。他们在楼下，我在楼上，形同两个世界。我觉得这种声音没什么好听的，于是蹿到无花果树上扶树而下，在一片黑幕中溜走了。

后来我回到了家里，路上我想道：虽然此行我没有看到那封信，但我猜到了里面的内容，而且我看到了一个美女换衣服，我也应该知足了。

　　回家的时候，奶奶坐在门口，她跟我说，阿旺被车轧坏了腿。然后奶奶哭了。我看到奶奶哭，激动地也想流眼泪，但是我没有流。阿旺在门口趴着，后腿往里拐着。它的眼睛既没有看我奶奶，也没有看我，而是看着远方，楚楚可怜地看着远方。

【15】

　　根据我的记载，这是历史老师给我们上的第十五堂世界近代史的课。如你所知，这个老师上课的风格很独特，只讲法国大革命部分，而且只讲到拉瓦锡——其他的任何人，看上去都只是拉瓦锡的陪衬，这是上课的内容。下课的内容我也知道一点儿，那就是在离学校不远的地方，老师有一个情人，很漂亮，很像张曼玉，上个礼拜他们在那里幽会了。

　　老师说，拉瓦锡没有喝到酒，就把女王的酒杯打翻了，波尔多的葡萄酒啊，洒了一地，拉瓦锡恨不能扑上去为被洒落的酒哭丧。有的人认为烟不能浪费，有的人认为可乐不能浪费，拉瓦锡认为酒是不能浪费的，特别是这么高档的酒。同时，拉瓦锡也注意到了，女王的衣服裤子也沾染了不少酒，她的漂亮的外衣——皇室定做的长袍。拉瓦锡虽然也很惋惜，但他不能扑到女王身上为衣服裤子哭丧。他局促不安透了，慌里慌张的，不知道做什么好，也忘记了道歉。女王倒是很大方，她先说："不碍事的，不过你连声对不起都不说吗？"这个问号也不是要祈求这个对不起，似乎是一种玩笑。

拉瓦锡缓过神来，忙说："臣罪该万死。"说完还想双膝跪下，但被女王扶起来："什么臣啊死啊的，没这么严重。不是说了嘛，这里只有你我二人，再无其他……"

拉瓦锡再次被女王的脉脉温情打动，迷醉之际，突然地想到了商伯良。（老师说，拉瓦锡是有可能看到了女王的眼睛才想到商伯良的。）他想道：女王不是跟商伯良好的吗？怎么又对我这么温柔？难道他们两个人吹了？或者没有吹，但是女王怎么可以同时对两个男人好呢？这一系列的问题说明，拉瓦锡在感情上还很幼稚。虽然很幼稚，但是他已经经历过一个女人跟两个男人好的故事——那就是阿伊达，那就是他在埃及的艳遇。（老师说那个就是突如其来的爱情。）拉瓦锡只想到了商伯良，并没有想到令他伤心的阿伊达，而且他还在跟商伯良计较：商伯良和女王到底是什么关系呢？我是否可以插上一脚？（老师说，一个男人脑子中有那么多的问题，就说明这个男人很不成熟。）就在这个时候，女王说："拉卿，你坐一会儿，我到内屋去换件衣服。你等等我……"

老师说到这里的时候，我放下笔猛然抬头，仔细地看了看老师，因为我想到了他的情人"张曼玉"也曾有过同女王一样的经历。老师也在看着我，一直看着，甚至让人认为他是一边看着我一边讲课的，但我不知道他看我的时候想到的是什么。他也许什么也没有想到，张开嘴巴就把这个故事讲了下去。

老师说，玛丽·安托瓦内特女王在内屋换了一件性感的衣服后重新走了出来，走进了拉瓦锡的视野。她魅力十足：步伐带有轻盈的风，胸部起伏有致，身姿挺拔完美，烛光照耀下的笑容神秘。此时窗外的帘子悠悠晃荡——正如女王所说的，这里只有他们两个人，再无其他。

这时候拉瓦锡什么也不想了，不想商伯良，不想阿伊达，不想一切人，因为在这一刻，只有在这一刻，他感觉到生命之花开放了，从来都没有过的感觉……

老师略略沉思，总结道："拉瓦锡和女王陛下虽然不是什么恋人，但是他们之间却发生了恋人般的友谊。"然后我们都懂了。正在这个时候，我也突然地冲动起来，很想冲到前面去，抓住这个老秃子问："那你上个礼拜有没有跟'张曼玉'发生恋人之间的友谊呢？不可能没有的，你少骗人，那妞儿的身材可好着呢。"但是我看到历史老师沮丧的脸，落魄的样子，就又不忍心下手了。就让他把故事讲下去吧。而且作为一个学生，不应该对老师采取暴力，不应该对老师的私人问题抱有很大的兴趣。

老师继续说道，经历了那一晚，拉瓦锡的人生观又改变了。他在黎明之前回到了家里，很认真地回忆了这段"友谊"，怎么开始的？高潮在何处？还有就是怎么仓促地结束了？眼前飘啊飘的，都是摘掉金边眼镜以后的女王的妩媚的脸。根据他的亲身体验，女王的年龄大概在三十出头。所谓"三十如狼，四十如虎"。不过当拉瓦锡想到这八个字后，浑身抽筋了。抽了一阵子以后，拉瓦锡终于幸福地睡着了。

不久之后，国内的局势再一次很大幅度地动荡起来。革命党人的气焰无比嚣张，当局的治安警察甚至只能组成人墙才能保护好皇宫的安全。革命党人分成了几支，其中有一个叫"捷克特"的最耀武扬威，他们的首领就是那个阴谋家圣鸠斯特。后来才知道用雷管炸皇宫大门的就是"捷克特"内的革命党所为。令人发指的是，代表着光荣与梦想的"将军之吻"在建成两个月以后，也被人用雷管炸掉了，女王和拉瓦锡双双大怒，更加强了镇压革命党人的力度，可是收效甚微。

某天大家议政的时候，拉瓦锡在议事大厅里跟商伯良说道："那帮人可真是太牛了，完全不把政府当局放在眼里。"现在拉瓦锡作为一个法国的重臣，也有参加讨论国家大事的资格了。

"还真不好对付，我们甚至分不清楚哪些是良民，哪些是乱党。"商伯良在最近的镇压活动中屡屡受挫，栽了不少跟斗，他紧锁住眉头说，"上次好端端的一个糟老头子，我是亲眼看到他走进中央广场，想他不至于会出什么事情——没有料到他刚靠近了'将军之吻'，就从拐杖里抽出一根雷管来了，然后'将军之吻'就被炸掉了。我也真是粗心大意。"

"这怎么能怪商先生，这帮'捷克特'革命党人专门以老弱病残身份出现，妖怪得很，根本无法防范。"拉瓦锡感叹道。

"你还不知道，更棘手的是，这些看上去老弱病残的人，都还是些社会名流，至少是民间的名流。例如上次来炸皇宫外院大门的，就是残疾人运动会的两百米冠军——他生有脑瘫；而炸掉'将军之吻'的那个老人，居然就是巴黎大学——你的母校退休的哲学教授，没想到吧？我们得到的资料上说，巴黎市的劳模，全法十大青年，都有参加'捷克特'的。这个组织也太神奇了，我们是不是要反思一下我们的行为呢？"商伯良忧心忡忡地说道，众人闻者色变。

"如何是好啊？"下面人纷纷讨论。

"根据最可靠的情报，这个礼拜，周末，这帮人要在市网球中心开会协商政权的归属问题。因为革命党内部的矛盾也很深，几个革命党支领导都想当老大。我们就可以利用这次他们内部混乱的聚会，将他们一网打尽。这已经是我们最后的希望了。"

在商伯良的话语之中，谁都可以感受到危机重重，政府已经是在做最后的挣扎，临死的喘息。女王的脸上也再无神采——的确，法国的当权者已经危在旦夕，社会就要发生翻天覆地的变化了。女王也清楚此事刻不容缓，她最后决定由拉瓦锡和商伯良调集兵马，可能的话，这一次要把叛党一举消灭；这个不可能的话，也要乘乱干掉革命党的几个头头。只要群龙无首，当局就还有希望，事情或许还有转机。

拉瓦锡和商伯良拱手受命。拉瓦锡没有想到自己当上大官的时候，已经是最后的政权了。一旁的德·罗尔邦面无表情，好像事情跟他没什么大的关系——自从商伯良回来以后，他也处于失宠的地位，因为商伯良不在的时候，女王经常会听取他的意见。对一个人来说，失宠总不是一件快活的事情，所以拉瓦锡想，这也难怪德·罗尔邦先生。

当天晚上，拉瓦锡辗转反侧，就像被灌了药的等待实验的老鼠一样亢奋异常。他一会儿想道，他在本周末的网球场上英勇善战，枪毙无数恶棍，土匪头子，乱党分子……甚至再次接收来自女王的热吻——想到这里，他就会不由自主地回忆起那个不寻常的晚上。一会儿他又想道，网球场上敌人众多，他大败而归，甚至还被革命党人抓住，那时候是不是应该以死谢罪呢？或者干脆在形势不利的情况下卧倒在地上装死，谁踩到他拉瓦锡的身上，他都佯装不知道，忍住了，决不动弹。（老师说，这就要学习我们的邱少云同志了。）

后来拉瓦锡又想到那片网球场地，根据他的回忆，就是小时候他丢失他的两颗门牙的地点，他也许能找到失散十多年的门牙。与此同时他又想到了在那片网球场向他表白的女生，那个初恋女友，陪他看言情武打小说并且看书奇快的女孩子，他还想试图记起那个女孩子的姓名。"对，是夏洛特。"想出来以后拉瓦锡就像证明了一道几何题目一样兴奋难当。当时他还称呼夏洛特叫"夏娃"的。他想到夏娃在树林里强迫他数鸟的事情，而且数不清楚就不给他吃饭，多么荒唐好玩的少年逸事……

此时拉瓦锡春情萌发，春意萌动，因为他开始思念女人。（老师说，这属于"发春"的范畴。）后来不知怎么的，拉瓦锡的注意力又回到了女王身上，因为那是拉瓦锡最新的记忆。他想到在女王那里的那个惊天地泣鬼神的晚上，（老师说，拉瓦锡没有想到尼罗河畔的事情，所以他是个喜新厌旧的负心人。但老师说这也可能是为了避免自己过多的伤心，所以我们也不能轻易地错怪拉瓦锡。）就有点儿不能自已，国家危在旦夕这档子事情完全置之脑后——或者说，拉瓦锡倒是能借这个名头去找女王陛下，"商量国家大事"。他兴奋地从床上跳起来，对门外的仆人喊道："备马车。我要到皇宫去。"

然后拉瓦锡坐在晃荡的马车上一路赶往皇宫去。一个男人发春起来真是没药可救。

我咬着笔头，看着我们的秃子老师，他正准备收起他的讲义离我们而去。我大胆地猜测道："这个秃子这么急着走，莫非又要到'张曼玉'家里去？"而且我联想到他讲课的内容——我已经联想到很多了，例如打翻葡萄酒的事情，都验证了——他讲到了拉瓦锡正要跟他的女王再一次幽会，我想这就是秃头老师跟"张曼玉"再一次幽会的先兆吧。既然我没有特别要紧的事情要做，我打算再次跟踪他。如果今天不够倒霉的话，兴许我又能看到"张曼玉"换衣服了。假如每个礼拜都让我看到一次，目睹这样的盛举，老实说，我是很乐意的，也许我已经是陷入深渊了吧。

我不乐意的是：奶奶的阿旺受伤不轻。但是我一想到回家后要看到奶奶很受伤的样子，就不愿马上回家——这也是我给自己找的再一次跟踪我老师的另一个理由吧。

【15.5】 跟踪 2

在我的眼中，历史老师总是一脸的忧郁，就像路边摊上的烤牛肉一样，发散出迷人的味道，吸引着我再次进入他的生活。这种迷人的味道，有可能来自于他抽的骆驼牌香烟，有可能来自于他喝过的"长城干红"——通常在世界近代史的课上，都会弥漫出这两种玩意儿的气息。我离老师比较近，感觉也就比较真实。你知道，我开始是习惯于坐在教室的最后一排——坏学生的位子，可以不管老师干什么，老师也管不了我们干什么，完全自由自在地混一堂课。莫名其妙地，我就被这个秃头老师吸引到前面来了，而且一直吸引到第一排。现在的我已经习惯于在第一排听课，当然只是世界近代史。在这里，我可以第一个看到老师向我们走来，然后最后一个目送老师远去；可以最真切地注意老师的光头，老师的衣着，老师的一切。现在我正慢悠悠地跟在老师后面，跟在那条通往"张曼玉"家的路上，完全不用担心跟踪对象突然消失，假如他失踪的话，我也可以在"张曼玉"的门口等着他。我的直觉告诉我，老师就是在那里等待着我，就像路边摊上的牛肉一样，等待着顾客的光临，并且等待品尝。

不出意外，老师的车停在了那棵无花果树下。对于不出意外，我相当满意，因为假如有意外的话，将使我的计划完全打乱。我甚至不知道假如历史老师不在那里的话，我该往何处去？真的，见不到历史老师，我甚至不愿意回家，因为就是回到家里，也还是见不到我的老师。家里只有我的奶奶和阿旺，我爱我的奶奶，但我更关心我的老师和他的一切。

一切照旧，按我的意思，轻轻松松地爬上二楼——有了第一次的经验，第二次完全是放开了手脚，一点儿都不用顾虑。我躲在晦暗的阳台下，蹲着，聆听来自楼下的声音。这声音不久以后就来到我的耳中。

"我已经努力克制自己了，你一定要相信我。最近上课的时间，我都没朝他看。你给我机会好吗？"历史老师说道。

"机会？应该是我求你给我——给我们两个人共同的机会。""张曼玉"毫无客气地说道。我不知道发生了什么，但我知道这次的气氛跟上一回完全不一样了，两个人仿佛要吵架……

"那是天生的，天生的，但我会尽量克制，请你相信我，我不会再犯错误了，这次我发誓好吗？"

"如果你第一次这样说，我还能相信你。你会害人的，你懂不懂？懂不懂啊？"

"这次不会的。"老师的声音有点儿模糊了，"我相信他对我也有好感，但我跟他说清楚，绝对说清楚。"

"算了，老师先生。前年的那一位，你说清楚了吗？他最后疯了。不是说清楚了吗？还有去年的，后来每天都要守在你的门口。哈，你是真有魅力啊，可惜你的魅力让那个孩子烧毁了你的房子……"女人的声音有点儿不温不火，但是有点儿沉重。

　　"这次绝对不过火，我只想亲亲他，只是亲——我实在也是忍不住啊，我爱他。你看这次我都坦白了，没有什么遮遮掩掩的了，我不会再干什么的，即使他愿意……"

　　老师没说完就被"张曼玉"打断了："人家当然愿意啦，我知道你在学生之中的魅力有多大，地位有多高，你的学生都对你佩服得五体投地，编出那么奇妙的故事说给他们听。他们还不知道，你是一年就换一个故事啊，哦，是一个学期。然后你换故事的时候还换主角呢。我真搞不懂，为什么每次你都会碰到你心仪的学生？""张曼玉"的话又愤怒又无奈，但是嗓音条件还不错。

　　"亲爱的，我爱你的，爱你的，你就成全我吧，可能是最后一回了。而且我可以发誓，我只会亲吻他……"秃头老师的这些话让我摸不着头脑，但又似乎可以明白，我的心脏开始加速跳动，呼吸也开始加快。

　　"可能是最后一个？可能？最多还是亲吻他？你能控制住自己吗？说出去不是笑话？如果你能的话，也会到今天这个地步？我等你改过来，等你恢复过来，等你等了这么多年，你说，你改了吗？这么多年啦……多少年了……""张曼玉"的声音开始颤抖也开始抽泣。

"哦，宝贝，我真对不起你，对不起你，别哭，别哭了……"老师的安慰。

"你究竟，什么时候，什么时候能改掉呀？你这个毛病啊，呜呜……""张曼玉"居然伤心地哭了出来，后来又变得号啕大哭。我不知为什么，竟也有点儿伤感，有种流泪的冲动。我不能在这里哭出来，我必须先逃走，离开这个现场。

【16】

　　冬季来临，历史老师拿着一个热水袋走进教室。天气正在迅速变冷，我需要取暖了，就会不由自主地来来回回张望。看到身旁的恋人们坐在一起了，不停地互相搓手，我觉得他们非常的无耻——简直就是什么事情都做得出来。经历了前几个礼拜的事情——我指我跟我老师之间的事情，我觉得自己的想法最近正在变得古怪，就像天气一样。我老是看别人不爽。黄昏的校园里，我看到了情侣们公然地在我面前不住接吻，我很想用砍柴大刀把他们的嘴都砍下来，当香肠吃；看到他们深情相拥，我就希望手中的砍柴大刀变成穿肠利剑，一剑就能击穿两个人，这回就能当作烤鸡翅膀吃；看到程度最轻刚刚进入牵手阶段的，就想把剑变成一条毒蛇扔到两只手交接的地方，看他们不吓破胆子——总而言之，我的这些想法说明我就要变态了。但是在表面上，我身在班级之中，看到了班级中的一切，就装作什么也没有看见，就像我听到了老师跟他的漂亮情人之间说的话却也当作什么也没有听见一样。我没有别的本领，假装是我唯一的能耐。我还假装认真听课，认真记笔记，尤其在世界近代史的课上。

老师匆匆地看我一眼，我没有还给他任何眼神，只是装作一脸冷漠。老实说，我有种被世界遗弃的感觉，所以我只能等待；好在我认为我是能等到什么的。

老师脱下他的鸭舌头帽子，放下热水袋，搓了搓手心，并且往两只手之间哈了一口气——这就是冬天来临最好的标记。

我打开笔记本子，但我突然觉得拉瓦锡的故事跟我如隔三秋，一切都变得与我距离相当遥远，也许我最近关心自己太多了吧。

老师说，拉瓦锡左躲右闪地出现在女王的住处，他想给女王一个惊喜。所以他有意识地整理着装，弄了弄自己的头发，希望给女王一个比较清新的形象。他本以为女王此时此刻已经熟睡了，也许正在梦到他——他的白马王子。拉瓦锡打发了一个侍卫以后，走近才发现女王的房间还亮着很多的蜡烛，就像黑夜中的萤火虫一样，闪耀着迷人的光芒。这些光芒照耀着拉瓦锡的心田："莫非女王跟我心有灵犀？此时已经在房中等待我了吗？"惊喜的拉瓦锡想不出别的理由，试问，一个女人半夜三更不睡觉，她还能干些什么呢？

拉瓦锡因为觉得自己已经与女王形成了难能可贵的默契而感到高兴，多么美好的感觉啊。在他即将推门而入的时候，在这个惊喜即将产生的时候，拉瓦锡却听到里面传出了一个男人的声音，而且这声音无论是音色，还是音调，都是非常熟悉的男低音。

这个男低音说道："来，宝贝，纽扣。"

拉瓦锡怔在那里，然后他还听到了熟悉的女高音。

女王说："嗯，宝贝，你的裤带。"

他们在干什么？无论他们在干什么，拉瓦锡都觉得胸闷啊。

"罗尔邦？怎么可能？他那么丑。试问，一个长相恶劣的男人怎么可能得到女王陛下的欢心呢？"

后来，里面热火朝天起来，拉瓦锡背靠着门，他甚至有抽烟的冲动，例如，骆驼牌浓烈的香烟。（这……完全是老师瞎扯淡吧。）拉瓦锡猜不透女王的想法，所以很苦闷，他只听到了女王的声音，是那种熟悉的呻吟。他先想了想自己，然后又想到了自己的女人，一切都是那么暗合，阿伊达啦，尊敬的玛丽·安托瓦内特女王啦，都是一个样儿。他觉得自己怎么那么倒霉。对拉瓦锡来说，天是灰颜色的。（老师说，这是由于当时是深夜十二点的缘故。）他一个人默默地泪如雨下，对女王——对一切女人的尊敬都烟消云散，他怕自己过分悲伤，哭出声音来，所以很快就溜走了。可能拉瓦锡也很善良，他也不想破坏人家欢乐的夜晚……

拉瓦锡一脸的落寞，看看天，看看地，觉得到处都是欺骗，不忠诚。（老师说，一个法国人都能如此深情，如此忠贞，怎么看都让我钦佩不已。）他叫了辆马车，让车夫随便拉。车夫开始很高兴，因为他想自己可以任意主宰行进线路，也是一种自由——比如，他可以找比较平坦的大路走——但是他后来想：这样的好事情怎么会碰到我的头上呢？所以他起了疑心。他觉得这个高个子男人有点儿可疑，因为他猜不到拉瓦锡意欲何为，猜不到拉瓦锡的心胸，觉得拉瓦锡这个人看上去很叵测。

车夫回头张望，仔细地打量了拉瓦锡的身材，然后自己的腿都软了。假如单打独斗的话，身材伟岸的拉瓦锡不出五招就能致车夫于死地，更何况此时拉瓦锡心情很不爽，当然这个车夫是不知道的。车夫满头大汗，心跳如捣蒜。但是人总是能从侥幸的方面着想，由于天黑黑的，车夫看不清拉瓦锡的容貌，于是就想：或许这个人面目慈善，不是个坏人呢。拉瓦锡心情沉重，所以脸拉得长长的，朦朦胧胧之中，车夫只看到了他的顾客像是一根黄瓜。

心情忐忑的车夫为了阻止内心的恐慌，只能找点话来说，而且通过这个，也能发现他身后到底是狼还是蝙蝠。他想道：是坏人我就完蛋了。

黄昏出来的时候，车夫的太太还劝她的丈夫，现在局势动荡不安，坏人必定乘乱行动，所以最好不要在外面乱晃荡。想到了老婆的叮咛，车夫不禁感叹一声："听老婆的话看来还是对的。"感叹完之后问沉默中的拉瓦锡说："先生您是干什么的？"

拉瓦锡"呃"了一声，反问道："你说什么？"由于精神不集中，很难让拉瓦锡听懂一句莫名其妙的问话。

车夫手心里出了大把的汗水，紧张得要命。他重复说："我的意思是——先生您的工作？是用什么来维持生计的呢？"车夫问完又心慌了，哪里用得着问，就是靠打劫的了。虽然有这样的危险，他认为：这儿可是首都啊，治安再怎么样也不至于……

拉瓦锡"呃"了第二次，终于明白了，但他也觉得没什么好说的。说他是内务大臣，试问，一个国家的内务大臣日理万机、繁忙不堪，晚上还出来混个屁啊；但他又不能说他是化学家或者是军事家——其实拉瓦锡对自己的定位一直是这样的——也没有一个好的解释。他胡乱地说："晚上出来找我的情人来着。"其实这句话倒是一点儿也没错，拉瓦锡向来也不说谎。（老师说，就跟中国的农民一样朴实，老师还补充道，现在只有农民不说谎话了。我的同学之中，农村出生的都跷起大拇指，称赞老师火眼金睛，一语道破天机。）拉瓦锡似乎愿意与这个人搭讪，因为在一个人情绪低落的时候，有个人陪着说话总是好的。

车夫听到这样的回答，倒觉得这个顾客还真是个老实人呢。他也觉得有意思，并且打趣道："晚上的妓女便宜，但是先生可要注意安全，这年头得个那样的病可不好，先生又那么年轻。"

拉瓦锡"扑哧"一笑："哦，您想错了。我情人的意思就是我的恋人，女朋友的意思，并不是您说的那种，懂吗？"这在一定程度上表达了拉瓦锡把女王放在心中的位置，在这个夜晚之前，他甚至想：就把我这一生交给尊贵的女王陛下吧，难得我跟女王陛下青眼相垂。可是现在的拉瓦锡觉得这样的想法挺傻。

"是要结婚生很多小孩子的那种喽？"车夫笑着说，他为自己的安全得到保障感到幸福，他想，这个男人的目标只是一个女人而已。

"对啊。"拉瓦锡说完苦苦一笑。

"那么什么时候能结婚呢？"车夫越来越多嘴。

"这个啊，早呢。也许会等很久，也许还可能……"拉瓦锡略略迟疑，然后聪明地反问，"您结婚了吗？应该是的，是不是呢？"

"啊，是啊。结婚十年啦。劳动人民结婚早啊。我有两个儿子，大儿子10岁啦，小儿子过两个月也要8岁了。每天总和两个孩子玩耍，我老婆说我童心未泯，哎呀，真是的。"车夫滔滔不绝，"不瞒您说，我太太伶牙俐齿，非常可爱。您可能无法想象，我们是多么相爱。认识我们一家子的人，总羡慕我们，都说希望有像我们这样的一个家庭。为了这个家，我也乐意干活，就像是现在这样的半夜，我刚刚睡完一觉，就出来开工了。晚上的治安不好啊，可我还是要冒这个险，为了让我的妻子和孩子们过得快乐，家里需要我赚钱。"

拉瓦锡微笑着听车夫侃侃而谈，他想，这个车夫的确是很幸福啊，把自己的一切都跟美满的生活系在一起，这还不够吗？他看到车夫飞奔在这条在他眼里凄凉一片的大街上，腿脚是那样的利落，一晃儿已经绕了皇宫大院两圈，这里的路宽敞平坦，车夫当然选择这里，乐意在这里打圈子。

"那您是怎么认识您妻子的？又是怎么相爱的呢？"拉瓦锡过了一阵子好奇地问。

"啊，这个啊，我们是小学的同学，脑子不好使，后来大家双双考不上中学，不知怎么的，就决定还是待在一起吧。她脑子不好，但身材看上去不坏；我呢，能吃苦，所以还是很般配的。"

"小学的同学啊。早恋。"拉瓦锡开玩笑说，"我倒是有过一个中学的女朋友，现在却不知道在哪里了。"

"那您为什么不去找她呢？假如您还爱她的话。或许，她还对您念念不忘呢。"车夫瞎鼓励。

"找她？"拉瓦锡自问自答，"算了，都过了那么久了，相信看到了也不会有什么感觉，怕还不认识了呢。顺便问一句，您太太对您忠贞吗？"拉瓦锡终于问出了一句最为关键的问题。

"那是当然。"拉瓦锡得到了车夫自信的回答，心情不错的车夫拉着心情也有很大好转的拉瓦锡一路小跑，奔向远处。后来拉瓦锡临时决定让车夫拉他去商伯良那里，他突然想去拜访商伯良了。他甚至想：反正都这样了，不如把女王跟罗尔邦的事情透露给商伯良好了，假如商伯良跟女王也有这么一回事情，拉瓦锡就相当于找到了一个"同情兄"，（老师说，这是《围城》的说法。）怎么说都可以出出心中的恶气，但不知道这种恶气会是怎么出来。

到了商伯良的住处以后，他给了车夫很多额外的钱，让车夫收工回去好好对待他的老婆。车夫喜不自禁，又欢快地拉着车子奔向远处了。他该回去好好地跟他忠贞的老婆"生活"去了。看着欢乐的车夫远去的身影，拉瓦锡有种领悟到幸福的感觉，那就是只有学校的爱情才是牢靠的，所以他就想到了中学逼着他数鸟的女孩子，读书很快的女孩子，喜欢艺术家的女孩子，打网球很厉害的女孩子，把他的门牙打掉的夏娃——回忆的时候，他也仿佛能够触摸到幸福。但是他很快摇了摇脑袋，都已经过去那么久了，他也觉得可笑。拉瓦锡走到了商伯良家的大院门口。

"商伯良先生，我是拉瓦锡。"拉瓦锡重重地敲门，假如这个时候很有礼貌的话，就很有可能被拒之门外，因为可能唤不醒人家。接着拉瓦锡看到了门铃，又重重地击打门铃。过了五分钟以后，一个睡眼惺忪的看门老头子打开了门。他认识拉瓦锡，所以放他进来了。后来老头子去楼上叫醒了商伯良，也把拉瓦锡尽快地送上楼，这样老头子就能尽快地重新睡觉了。

商伯良从床上跳起来，看到拉瓦锡风尘仆仆地来到他的房间。

"这么晚还来找我啊？你脑子坏了啊，不睡觉了？"商伯良秃着脑袋，追究拉瓦锡的来由。

"我是来找你这个聪明的大哥哥谈心的。"拉瓦锡嬉皮笑脸。

"哦？我比你大啊？难说……快说，到底是什么事情？"商伯良刚刚醒来，心情不好，只是想了解事实。

"捷克特。"拉瓦锡想用这个来吓唬商伯良。

商伯良果然被他吓到："求你别提这个，我这几天脑子发昏呢。这帮畜生把我的生活完全打乱了。他们是天才，一个比一个天才，我承认，好了吧，你也别来折磨我了。"

　　"那我们来谈谈感情吧。"拉瓦锡给出建议，"当初在埃及，你还记得吗？就是第一个晚上，你跟我提到过的。我现在很想听听你的故事。给我讲讲好哇？"

　　"这可是私人问题啊，不太好吧。"

　　"大哥帮助小弟认识这个世界吧。"拉瓦锡有一种要跪下来的冲动，然后就真的跪下来了，"告诉我吧。"这一跪让商伯良有被恐吓得跳起来的冲动，然后就真的往身后跳了一步。

　　"好吧好吧，我这个人特别仁慈，特别没有原则。让我先去冲杯茶，我精神可不太好啊……你等着。"商伯良就跑进另外一间房间，然后拉瓦锡就跳起来，揉揉自己的膝盖。

　　等商伯良举着两杯水回来的时候，他神情严肃起来："我跟你说啊，但你听了最好当作没有听过，也不要被吓着，千万要保守秘密，这可不是儿戏。你答应我吗？"

　　"好好，当然答应。"拉瓦锡欢快地说。

　　后来在茶水之间，商伯良深情地说出了他的故事。不出拉瓦锡意料，果然他跟女王有那么一腿，就是因为这一腿，商伯良才有了今天这样的地位。拉瓦锡明白，也正是因为他跟女王也有一腿，所以他也达官显贵了。拉瓦锡有种特别的快感，马上把今天的所见所闻告知商伯良。这回出乎他的意料之外，商伯良并没有表现出特别的义愤填膺或者悲痛欲绝，商伯良只是淡淡地问了一声："是这个样子的吗？"然后就沉默了。后来商伯良还问："你三更半夜在女王那里做什么？"商伯良当然不是笨蛋，但是他毫不费力地接受了两个情敌："拉瓦锡啊，你对女王陛下千万别有什么非分之想，否则注定痛苦。我还可以这么说，你对任何女人都不要有非分之想，不然你就注定要痛苦一生。你还是想开点儿吧。"

拉瓦锡闷住了，他想，难道商伯良知道阿伊达的事情？其实拉瓦锡也早就想开了，从阿伊达的事情开始。后来他觉得，商伯良真是神奇。他还觉得，商伯良有点儿不对劲儿。然而商伯良开导成瘾，继续开导："女王要你，你就去；女王没有说要你去，你就尽量避开……其实也很简单。"拉瓦锡对商伯良的成熟老到非常佩服，而商伯良还在继续，"她是我们的头头，没什么别的好解释的。你认为还有什么是不明不白的吗？"

拉瓦锡觉得商伯良是真诚的，所以他很想亲一亲这个真诚的人。如你所知，拉瓦锡有什么冲动，他就会做出什么样子的事情……结果，他就真的在商伯良的脑袋上亲了一大口，在商伯良的头顶上留下了他无数的口水。（老师说，他现在要描绘一下当时的环境，这对我们理解拉瓦锡的举动有所帮助：月圆之夜，风格外的清凉，烛光微弱，温度适宜，在拉瓦锡的视线之中，有柔软的地毯和床单，提神的茶水。）

商伯良毫无准备，但是深受感动。他看着拉瓦锡发光的眼睛，强作镇静，但是没镇静多久，就一把搂住了拉瓦锡，像一个孩子抱住自己的母亲一样。也许是因为天气，也许是因为月亮引力，两个人的情感烧着了。后来，他们就亲热起来了……拉瓦锡实现了对车夫的回答，他是来找情人的。但是他的情人不是玛丽·安托瓦内特，而是商伯良。这不能不叫作意外。

老师说到这里，同学们的尖叫声音此起彼伏，龇牙咧嘴地骂道：

"不要脸的同性恋。"

"他娘的变态。"

"无法无天啊。"

教室里简直人声鼎沸。后来在这混乱时刻，铃声也尖叫起来，于是下课了，老师收起讲义。在这之前，他一直观察着我们的反应，看看谁闹得最欢，估计期末考试就要不及格。我静静坐着，仿佛什么也没有发生一样，一切都很正常；在这之后，老师要离开了，但是在离开之前，他忍不住又对我们说："其实每个人都是有同性恋倾向的，或多或少。在……"

教室里的吵闹声音阻止老师继续下去，因为老师再一次使教室轰动了。然后老师无奈地走掉了。我第一次发现老师的无奈，也第一次发现老师的声音是有磁性的。我热血沸腾，我想老师是对的，因为我已经爱上了他，或者说，我没有选择地爱上了他。

【 16.5 】

　　我渐渐清楚了，"张曼玉"——我还是不知道她的名字，这对我并不重要——提到的人应该是我。虽然历史老师这次离开的时候，并没有打量我，但我还是认定了，老师的那个人是我。教室里实在是太乱了，让老师怎么会注意到我？我必须跟老师去一个地方，任何地方都可以，只要能跟着他，因为我已经被他迷上了。我觉得寒风凛冽，在这十二月份，我穿的实在是不多，风能穿透我的衣服，我觉得冷。我羡慕别人，温柔地牵手，温柔地接吻和拥抱，那样子能让人变得幸福并且坚强。

　　我跟在老师的后面，相距五十米左右的距离。我的书包里还有他的讲课的笔记——那是我爱历史老师最好的证明。老师穿着黑颜色的夹克衫，风度翩翩地进入了一家小饭店，他点的是一碗辣酱面，然后狼吞虎咽地吃起来。一定是回家没饭吃，没人给老师做饭……老师真可怜。吃到了一半的时候，老师摘下了他的帽子，他性感的脑袋暴露在所有人的面前，我就有点儿不自在。此时我躲在小饭店的玻璃窗外，肚子也是饿得咕咕叫，口水咽了无数个回合。饭店门口的小姐用鄙夷的眼神看着我，这个我全不在乎，也不朝她看一眼，我的眼里只有我的老师，只要能见到我的老师，我什么都不在乎。如果老师能吃得津津有味，我好像也能感受到一样。我不知道这究竟是为什么。但我把这个想象为：爱。

等到老师吃完了面条，他重新戴上帽子，走出饭店。我躲闪不及，绊到了饭店的石阶，重重地摔倒在地上，屁股很疼。有一个门口的服务小姐忍俊不禁。我怕她的笑声被老师发现，从而让老师进一步发现了我，所以很想冲上去捂住她的嘴……后来我是逃掉了，因为我发现这不是一个好办法，弄不好还要被群殴。幸好老师反应不灵敏，他什么都没有发现，自顾自地走路，也没有去拿他的车。我发现，他这次并没有往他的情人的住处走去，这让我很高兴。但是不管他今天走向哪里，我都跟定了。

老师挎了一个包，风尘仆仆的样子，拐了三个弯——我替他数着，在一个包装箱工厂附近的一幢三层工房旁停下了。天有点儿发黑，冬天的夜总是来得早，去得晚。我先是努力看着我的老师走上楼，并且记住他进的是哪一层的哪一间——我视力很好，这些对我来说并不困难；假如天还亮些，我就更得心应手了。随后我摸黑上楼，三层左数第二间，门已经关上了，灯亮了起来。从这一切看来，我像是一个处心积虑的贼，要打我老师的主意；或者像个杀手，要取走我老师的人头，总之这一刻的我该对我的老师有不轨的企图。其实我什么也不是，假如我知道谁对我的老师有任何企图的话，我也一定变成贼或者杀手，让那个人惹上麻烦。我现在只是来探望我的老师。我蹲在门口，什么也看不见了，像是一只过冬的老鼠，寻找归宿。

我问了问自己，要不要就此进去？要不要马上敲门？如果我不敲门而入的话，就有点儿不礼貌——谁都不喜欢这样的人；但是我假如连门也不敲就走掉回去睡觉的话，那岂不是白来一趟？——当然，我起码知道了老师在这里有一个藏身之处，对我下一次来有所帮助。我不能走，我严肃地考虑着……与此同时，我很想手中变出一把大刀，用力把门劈开，把被困在屋子里的老师拯救出来，给老师一个很大的惊喜……

后来我只是轻轻地敲门了："笃，笃，笃。"

"谁啊？"老师的声音从里面穿越而出。

"我。"我说"我"的时候声音颤抖。

"谁？"老师又问。

"你的一个学生。"

"又是谁啊？"

"你上的历史课，我坐在最前面的，有时候也坐在最后面。"我鼓了很大的勇气，说出如此长的一句话。

"哪一个啊？等等，我就出来。"

我没有继续回答，因为老师就要得到他的答案了。我听他的，等他。老师开门以后只把他的脑袋露出来："是你啊。"他皱了皱眉头，仿佛我很不受欢迎，又仿佛他很疑惑，不知道这个我是不是真的。其实还有什么疑问呢？人都在这里了，你还想知道什么。

后来老师微笑地让我进屋子坐："外面有风，对吧？挺冷的。"我回头看了看风，也觉得是有点儿冷，然后就进去了。我大概地打量了屋子的结构，摆设，干净程度——比我想象的都要糟糕。如果你有想象力的话，这间屋子就好像刚刚被强盗洗劫过，或者这根本就是一帮强盗的窝，没有打扫，一塌糊涂，正像老师自己介绍的一样："屋子里脏得很，挺乱的，不好意思。你随便坐。"简单地说，这就是脏乱差的标准。我笑了笑，然后找了一张摊有书报杂志的破旧沙发，移开那些东西，坐了下来："老师，我想问你一些问题。"我有点儿慌，然后就直奔主题。

"解答学生的问题是我们老师的职责啊。分内的事情，你不要客气。你看，我这里连水也没有，真是太抱歉了。我这就去烧水。"老师有点儿忙乱，手足无措的样子。而我看老师这样，连忙说："我不渴，老师不要忙了。"

"好吧，既然你不渴，我就不烧了。"老师还真不客气。

"老师啊，您上的真是历史课吗？"我正经地问。

"傻瓜也知道，那怎么会是历史？说实话，我只是在编故事给大家听。历史多没意思啊。哦，你告诉我，大伙儿都要听我的课吗？"

"蛮有意思的，大家都着迷了呢。不过，您为什么说这是历史课呢？"我笑了笑，然后不笑了。

"我总得给上头一个交代，随他们去，叫什么都不重要，关键是内容。哦，也许是历史，也许是杜撰，也许历史根本就是杜撰，我从读大学就这么认为，我不相信自己没有经历过的事情——这话狂妄了些吧。"

"可是领导们没有批评过你吗？"我说。

"当然有，不过我习以为常了。总是会有学生打小报告，总是受到批评，但我总是不受他们的影响，我按自己的意思去做，扣工资，罚奖金，不给我评职称，都无所谓。你看，我现在也没什么不好的。你不会告发我吧？上次不是你，对吧？"

我第一次看到如此看得开的人，胸怀这么坦荡。我当然很喜欢："不是我不是我，我说过的。我蛮喜欢你的。"说完了最后一句话，我有点儿不知所措。我希望老师给点回应，但又不希望老师发现这个秘密，虽然我很想让他知道。

"你就这点儿问题啊？我每次上课，都看到你很认真地记笔记，也是很关注你的。不过记我的笔记肯定没什么用处。没见过你这样的学生，一般人家记我的第一堂课，后来发现我的课根本不用笔记，所以都不记，你蛮少见的。居然还摸到了我家里。"

我听了老师的话，有点儿不好意思起来。老师站直了身子看着我，就快要看出我心中的秘密来了。老师说很关注我，看来我没有一厢情愿，没有估计错误，我们是彼此喜欢的。

在一阵子沉默以后，我突然想到了阿旺昨天死了。上个礼拜，阿旺被摩托车撞断了后腿，一瘸一拐地跑回家。这以后阿旺一直没有胃口，直到昨天，躺在奶奶的房间里再也没有动弹。我奶奶，视它为掌上明珠的，现在我的奶奶没有了依靠。看到奶奶整天痴痴呆呆地看着阿旺，我也很悲伤，后来我勉强说服奶奶把阿旺埋掉了，奶奶就哭了。想到这些，我就很伤感，我想我伤感的话，就会博得老师的同情。我把阿旺的事情跟老师说了，老师说，什么都会过去的，一切都会过去，成为历史，人们心中的历史。

"是真的吗？"我诧异地问道，"那我该怎么跟我奶奶说？"

"不用说，你奶奶自己会慢慢明白。"老师见我的问题越来越傻，就抽起烟来。他从口袋里摸出一包软壳的"骆驼"烟——果然没有猜错，老师是抽骆驼烟的。老师把烟点燃，吸烟中的老师看上去很安详，他在思考什么，我凑上前去，因为老师一直吸引着我。

"你和你奶奶都别难过了。总是得一个人面对这个世界的。如果可能的话，让你奶奶培养一点儿兴趣，种种花啦，钓钓鱼啦，你也可以找一个女孩子解解闷。"

"我奶奶不喜欢花草和鱼，我也不喜欢小姑娘。"我认真地说。老师看到我认真的样子，很惊讶："你说你不喜欢小姑娘啊？"

"嗯。"我点头，"我说过了，我有点儿喜欢你。"我在慌乱中陷入紧张。

"你？"老师的烟在他的手中悠悠地上扬。

"老师，我是说真的。就像拉瓦锡喜欢商伯良一样。你知道吗，我一直很关注你，就像你关注我一样，我超越学生跟老师的关系，一直关注着你。每堂世界近代史的课，都让我产生……幸福感。喜欢老师比喜欢一个女孩子还让我……兴奋。"说出这些话，我感觉到周围的空气，从来没有过的让我呼吸困难。周围的一切在我说出了惊世骇俗的话以后，都停滞了。我憋足了一口气，说完了以后长长叹出。

"哦，你……"老师激动极了，他扔掉烟蒂，走向我："知道吗？我也喜欢你的，你在我的那个班级，是最迷人的了。"我从沙发上站起来，依靠在墙上。我想我发疯了，不正常了，在老师迎向我靠近我的时候，我倒在了他的怀抱里。他把夹克衫解开，包裹住了我。我差点儿失声痛哭——肯定不是为了阿旺和我的奶奶——我闭上双眼沉醉在一片痴迷之中，老师把我的头紧紧抱住，让我听到了他坚强的心跳。

"知道吗？别人肯定会说我们不正常的。刚才上课的时候，我讲到了拉瓦锡和商伯良的事情，你看其他的人反应有多么强烈。"老师的声音低沉而哽咽。我只管"嗯"。

"知道吗？可我——我们也都是情不自禁的，对吧？"老师把我的身体轻轻摇动，直到我又"嗯"了一声。我在想：如果这是真的，已经是真的了，我还会怎么样？这个世界还会有人理解我吗？同学们一定要笑坏的。我脑子里面是混乱的，混乱得不成样子，我想到了上完课的时候同学们对拉瓦锡和商伯良的反应，就要发疯。我急急地推开我的老师，惊吓让我放弃了老师温暖的胸膛。我害怕这是真的，我真的对我的老师表白了，这都是真的了。

这个时候老师再一次抱紧我，我没有反抗，老师突然把他充满烟味的嘴对住我，我的脸，老师很无邪，很纯洁，但我还是怕的。虽然我很怕，但"怕"这个时候已经没有用处了，老师吻了我，留在我脸颊上的烟味进入我的味觉，悄悄进入——进入了我的身体。

我在老师的家里吃了顿饭，老师亲手为我所做，很鲜美。我在没有记忆力的情况下填饱了肚子，然后我拒绝老师送我回家，甚至拒绝老师送我出门。我走在回家的路上，想了很多，最后我想道：这一切已经来临了，我不应该再惧怕什么，我应该做的是积极地面对。事实上，我做到了。

这个晚上我失眠了，意料之中。我觉得还是有种恐惧和不安，慌张，内疚，甚至还有悔恨。我心情很差，气得在床上翻来覆去地抓狂："我怎么会这样啊？我哪能会这样啊？到底为什么会这样啊？"我站起身子，不管有没有睁开眼睛，我的眼前总是一对三角眼，一个秃头，然后就交织而成我的历史老师，他微微笑，告诉我："一切都会过去，一切都会成为历史，人们心中的历史……"这让我怎么都无法入睡。我听着老师重复这样一句话，觉得我再也睡不着了。可是后来我竟然睡着了。

【17】

　　这堂世界近代史的课，我整整等待了一个礼拜。我有整整一个礼拜没有见到我的历史老师了，我只是想他，想他。有的时候我对我这个老师简直就是又爱又恨，有的时候，说真的，真是恨大于爱。这几天我几乎没有跟别的人说话，除了家里的奶奶。我不想再提到奶奶，那让我情绪低落，会影响上课。我这几天脑子里想的，只有这个问题：我跟我的历史老师干过了什么，发生了什么，是不是真的？由于我沉醉在这个我必须得到的答案之中，所以路上别人叫我名字，我都听不到了，直到人家用手指戳我，然后我勃然大怒："你烦不烦啊？"后来我的这个同学掩面痛哭地跑掉了。昨天走在大街上的时候，有个乞丐向我乞讨，我不理他，也不给他钱，然后那个老头子差点儿跟我回了家；后来在拐角处我一拳击中了他的小腹，然后就飞快地跑回家洗手。为了避免经常洗手，我在路上就会积累一点儿小石块，不大不小刚好能吓唬人的那种，谁再跟着我要这个要那个，我就使劲地把石块掷向他。我想再也不会发生在拐角处的一幕了。

　　我今天重新坐到教室的最后一排，我想我该回避，但是我不知道我该回避什么东西。我想除非我很认真地记笔记，否则很容易想入非非。

　　老师一脸冷酷地进来，直奔讲课的主题。正好。老师说，在拉瓦锡和商伯良确定了非同一般的恋人关系以后，经常出双入对，两个人同时有种获得新生的感觉。在一个礼拜的某几天里，要么拉瓦锡到商伯良家里做客，要么商伯良到拉瓦锡府上研究问题——但人家猜不出来他们研究的到底是什么问题。人家也没有任何的怀疑，都认为这两个人只是哥们儿，从埃及回来以后就非常要好，交情很深，已经达到了如胶似漆的程度。后来在一个周末，他们两个人在拉瓦锡家里讨论问题的时候，双双得到了女王的命令，准备去市网球中心抓革命党人了。

　　拉瓦锡到了网球中心以后，觉得一切都很熟悉。最近因为爱情，他把以前的快乐和不快乐都忘记光了，然后他稍稍回忆，就想起来了。（历史老师说，这个在佛学中就是"顿悟"。）拉瓦锡仿佛又回到了他的儿时光景："啊，这就是当初跟夏娃约会的地点啦。"所谓这个夏娃，就是夏洛蒂，就是拉瓦锡的初恋女友。上次有个车夫还让拉瓦锡想到过这个漂亮的女孩子，今天记忆重新被掀开。那个时候，夏娃经常穿粉红色的毛衣，露出小酒窝微微笑，跟他一起看书看报纸，一起回家，并在回家的路上使拉瓦锡失去了今生的初

152

吻，珍贵的first kiss。拉瓦锡这次越回忆越详细，几乎要把整个经过都回忆起来，把十年前的事情完全描述出来，所以他在网球中心门口一脸幸福地发起了呆。商伯良看到了，就推推他说："想什么呢？"

"啊，也没什么，只是……"拉瓦锡一时语无伦次，"这个地方啊，我小的时候，很久了，以前我来过的。"

"那有什么变化哇？如果你对这里比较熟悉的话，比较好办事。"

"变化几乎没有，所以就像我回到了当初一样。"拉瓦锡说得很怀旧，有点儿激动。

"别怀旧了，今天的事情可紧张了，是来捉人的，如果我们捉不到人，就很可能要被别人捉去——到那个时候你再来怀旧吧。"商伯良没好气地说。

"好好，我不想了。"拉瓦锡又把夏娃藏入自己的脑海深处。

但是令拉瓦锡意外的是，夏娃五分钟后就要从拉瓦锡的脑海中脱颖而出了。拉瓦锡使劲地埋藏的夏娃的身影，出现在了拉瓦锡的面前，只不过她已经不是一个十几岁的小姑娘，而是亭亭玉立的大姑娘了。

"小拉，好久不见啊，你还好吗？"夏娃看到拉瓦锡迟迟没有反应，就自我介绍道，"啊，你这个没良心的，我是夏洛蒂——你的夏娃啊。"没想到女人的记忆力是如此强大，时隔将近十年，还是一眼就认出了她当年的情人。她奔跑到拉瓦锡的面前，拉瓦锡傻傻地站在那里，完全不知所措。前面是他的老情人夏娃，身后还有他的新欢商伯良。但这个不重要，重要的是他看见了夏娃，觉得实在是出乎他的意料之外——难道这十年夏娃一直都在这里等着他吗？拉瓦锡看了看眼前的这个女人，觉得是很像，不应该是冒充的；然后他又看看身后的商伯良，只看到商伯良瞪着一大一小的眼睛很迷惘的样子。

拉瓦锡缓过神来说："试问，都那么多年了，你怎么能一眼就认出我来呢？"

"啊呀，你这个糊涂蛋。只要我看见别人说话，露出牙齿，我就知道谁是我亲爱的小拉了——你就是啊，因为你没有门牙，你失去的门牙就是我当初留给你最好的纪念。就是那次，我们也是在这里啊，我们打网球，你打得不好，接不住我的球——喏，应该就是那片场地了。"夏娃说完指向西方，"今天的人可真多，不然我们还可以到那里去怀旧一番。"

拉瓦锡向夏娃所指的方向看去，回忆起来了。现在那里聚集了一帮子人，这群人的手里面都还拿着形形色色的传单。有的传单是黄颜色的，而且拿黄颜色传单的人都坐在一起；类似的情况是手拿白颜色传单的人也坐在一起，红颜色紫颜色灰颜色等等的人也是如此。共同的地方是这群人的装束都特别诡异——很像是造反派。造反派们三三两两地谈论各种问题，有的把传单折成扇形，扇凉风。拉瓦锡终于警觉道："莫非这帮就是真正的反动派，他们在这里会合吗？"他一面朝夏娃点头微笑，一面顺势后退几步跟商伯良交头接耳。说了几句话以后，商伯良就朝网球中心的门口走了去，而拉瓦锡却还是一个人留守在这里，他的任务是等商伯良调大兵过来之前盯防住一切人——眼前的他就只能盯防住夏娃。

拉瓦锡真正做到工作感情两不耽误，一边处理工作中事关重大的问题，一边加紧跟他的夏娃聊了起来："啊，这么多年，你倒是没多大变化……"

"你也是啊。门牙还是没有长出来啊？"夏娃调皮地说道。

"开什么玩笑？那个时候，至少也有十几岁了吧？你还记得的对吧，怎么可能再长出来啊？"拉瓦锡苦笑。

"说真的，你现在可是大名人啦。上次我在报纸上看到你带领军队一举击溃了英国人，我简直不敢相信那就是我的从前的情人，我的男朋友——拉……瓦……呜呜……"拉瓦锡马上用双手堵住了夏娃的嘴，今天可是来做大事情的，所以身份一定要保密。万一让革命党人知道他是来抓他们的，他怎么还能脱身？三下两下就能要了他的小命。拉瓦锡紧张地说道："嘘——千万别暴露我的身份，我今天有任务。"然后才松开了他的堵在夏娃嘴上的手。两个人都有点儿不好意思。拉瓦锡摸了摸手，夏娃摸了摸嘴。幸好当初那张在大街上被游行的人高举的画像实在跟拉瓦锡本人不怎么相像，不然这种侦察兵的角色，拉瓦锡是怎么也担当不了的。

夏娃也算与他的前任男朋友再一次亲密接触，似乎很满足，答应道："哦，但你可以不可以轻声告诉我你的任务是什么啊？"

"抓坏人。"拉瓦锡沙哑着喉咙说道。

"那就带上我一起去抓吧。"夏娃给出了一个让拉瓦锡十分为难的建议，因为答应的话就很难向商伯良交代，不答应的话就很难向眼前的夏娃交代。

"这个不行。"拉瓦锡考虑了一下，"今天坏人很多，说不定我们抓不住坏人反倒被坏人抓住——也就是说，今天的风险很大，所以不能让女同志参加。你最好还是先离开。"拉瓦锡编了一个欺骗小孩子的理由。

"不要，你就带上我嘛。"夏娃撒娇道。

"这回可真的不行啊。"拉瓦锡坚持。

"哼。不带上我，我就告发你。信不信？"事实证明，用骗小孩子的理由对付大女孩儿是不正确的，夏娃发出最后通牒。她提高了嗓门，没等拉瓦锡再一次堵住她的嘴就把这些话暂时先说完了。

"你不是开玩笑吧？"拉瓦锡神情紧张，"这个可是不能开玩笑的。"

"喂喂，大家听好了。这位……就是赫赫有名的……"夏娃运用女高音，但是马上被拉瓦锡阻止。幸好是女高音，所以旁人也听不清楚这个女神经病到底是在说些什么。可是拉瓦锡却紧张得很："好好好，我求你了，带上你，但是你千万别添乱子。"拉瓦锡实在无奈地拉住夏娃，哀求地说。

"哈哈，我跟你开玩笑呢。可是我问你，革命党人真的都是坏人，要抓起来吗？"夏娃得意地笑，然后天真地问。

"试问，如果革命党人还不是坏人的话，那天下还有什么是坏人呢？不是坏人会放炸弹炸城市建筑和'将军之吻'吗？"拉瓦锡以问代答。

"呵呵，你的那句'试问'还在用啊？"

"口头禅，口头禅。"说完了口头禅以后，这两个人严肃起来，拉瓦锡顺便问到了这个网球中心的详细情况，因为夏娃现在就在这里工作的。在夏娃的帮助下，拉瓦锡也确定了哪些是革命党人，哪些是游客。

这个时候商伯良也赶了过来，他集结了大量的军队，堵在网球中心的门口。这些御林军，作战能力简直不用质疑，所以商伯良很放心，他认为随时都可以把里面的乱党消灭得干干净净。

正在商伯良想招呼拉瓦锡离开网球中心内部的时候，夏娃当着拉瓦锡的爱人商伯良的面，跳起身子用左手勒住拉瓦锡的脖子，右手掏出一把匕首，熟练地锁住了拉瓦锡的喉咙——仿佛无数次地演练过一样。

"你敢发号施令围剿这里，我就结果了这个人的性命。"夏娃突然变得冷峻起来，对商伯良冷冷地威胁。

商伯良和拉瓦锡齐齐大惊失色，并齐齐像夏娃——这个姓夏的看去——商伯良站姿端正，双目直视，他和姓夏的身高在伯仲之间；拉瓦锡要看夏娃有点儿困难，他努力瞄上一眼，看上去夏娃没有开玩笑的意思，小刀也不像是假的。夏娃（其实就是那个历史上大名鼎鼎的夏洛蒂，我的老师正经地说道。）一脸正气地要挟商伯良，商伯良表面上装得镇定自若，装了一会儿实在是不行了，他不能忍受他刚来到的爱人的生命是如此千钧一发和危在旦夕，他不由得失声喊道："别，千万别伤害到他。亲爱的，你可别乱动，别把脖子往前伸，一定要尽量往后缩。我什么都答应您，夏……女士。"他一会儿看看夏洛蒂，一会儿看看拉瓦锡，视线在两个人之间摇摆不定，心里是焦急得发慌，怎么办？怎么办？怎么办才好？

"啊，你们两个搞同性恋啊？现在这个还真流行。小拉，你的品位可真奇怪。"夏洛蒂冷笑道，"老实告诉你们，我是'捷克特'的人，早在这里恭候二位良久了，即使我这位前任男朋友——正是因为这个特殊的身份，组织上才决定让我来完成这个任务——我也不会放过。"

稍稍镇静一会儿，商伯良发现情况没那么糟糕，因为他的大兵正在网球中心门外，假如这位夏女士能想到这一点，她也不会轻易下手。商伯良得意地说："小姐，您可别忘记门外的大军啊，我这里提醒您，您脑子可没坏吧？"

"哈，你放他们进来啊，来捉革命党啊。不妨告诉你，我们'捷克特'才没参加这个愚蠢的'红黄白三党会议'呢，我们甚至还想借助你们的力量早一点儿解决掉这些低智商的同志。虽然他们还是我们一伙儿的，可是私下里斗争得很厉害呢，哪个方面不想做老大啊？你看这些人愚蠢不愚蠢啊？跟愚蠢的人做同一份事业，我们都觉得丢脸呢。"

"可是你又为什么要阻止我来消灭这群你所说的白痴呢？"

"呵呵，这个主要是为了拖延时间。我要让我们的人先离开得远一点儿，不超过十分钟，我想我们的人就会安全了。"夏娃很得意。

正在这个时候，拉瓦锡跟商伯良使了一个眼色，而这个眼色的意思就是：你快吸引住夏娃的全部注意力，然后我就找机会摆脱她对我的控制。眼色的奥妙之处在于只有心有灵犀的恋人才能够互相理解，得到沟通。商伯良马上明白过来，因为他们着实已经心有灵犀了。于是商伯良说道："夏女士，您认为这样反政府的革命有意义，有出路吗？"

"没有意义，但是很刺激很好玩，出路在我们自己手中，由我们自己掌握。人生的魅力就在于此……很大的游戏呀，不是吗？"夏洛蒂说，"尤其对我们这样的人来说，就像当初我跟小拉谈恋爱一样，很刺激但是没有意义。小拉，你说我说的对吗？"

拉瓦锡痛苦地点头称是，因为这个时候那把匕首又向他的脖子挺进了半厘米，他被夏洛蒂牵制住。由于身高的问题，他站姿是后仰的，极为不爽。

"那何苦参加？冒着生命的危险，难道只是为了那个好玩吗？"

"有人需要，而我们愿意帮助他们，就这么简单。你想，一成不变的社会，就像一成不变的爱情一样缺乏新鲜感，其实那样才是没有意义。对我来说，我更是来体验这危险生活的快感。"

"哦，好高深啊。那么就请您现在就过危险的生活吧。"商伯良此言一出，拉瓦锡把脑袋重重地往后撞去，击中了夏洛蒂的面门。（老师说，这一个招数应该就是师承少林的。）夏洛蒂一声惨叫，后退几步，跌倒在地上。但是拉瓦锡的下巴被她的刀子划了一个口子，他紧张地捂住下巴叫嚷道："啊呀，我的下巴就要没啦，我觉得它就快掉下来了。"一叫下巴的口子更大，拉瓦锡也感觉更疼了。商伯良看到夏洛蒂暂时昏厥过去，（老师又说，少林的招数总是很灵验的，不然就没人学少林了。）就放心地过来安慰他的宝贝拉瓦锡："亲爱的，没事儿。你的下巴好好的，你想，上次雷管都炸不掉你的屁股，一把小刀能奈何得了你的下巴吗？"

拉瓦锡想想也是，捂住下巴的手也松开了，果然才是针眼样子的血迹，还没有蚊子咬的大，高兴地对商伯良说："你真好。"然后他气愤地冲向倒地不起的夏洛蒂，指手画脚道（老师说，简直像个上海老太太骂大街。）："你这个妞敢害我。看我不踩扁你。"说完就狠命地踩上去了，一脚一脚，从脚尖到脚踝，小腿大腿一直踩到小腹，都是往死里踩，最后把夏洛蒂硬生生地踩醒了。（老师说，这真叫一报还一报。大家还记得吗？当初夏洛蒂是硬生生用巴掌把拉瓦锡扇醒的。）夏洛蒂醒来后马上跪地求饶："小拉，你是英雄，放过我吧。来生我做牛做马都伺候你。"

一旁的商伯良幸灾乐祸："夏女士，现在好玩吧？危险吧？您爽了吧？"他俯身捡起那把企图割掉他爱人拉瓦锡下巴的匕首，以其人之道还治其人之身，上前一步，把匕首锁在夏洛蒂的喉咙处。这回夏洛蒂紧张得几乎要哭爹喊娘："英雄，大侠。求求你们啦。"

拉瓦锡停住了踩的脚步，因为他正预备往夏洛蒂的胸口踩去。但这时他发了一会儿呆，原因是他看到了夏洛蒂很好看的胸脯，他既想踩又舍不得踩，踩上去就有种破坏尤物的快感，但同时又有一种负疚感；不踩的话，既不甘心又不情愿，因此拉瓦锡处于两难境地。随后他听到长有完美胸部的女人直呼他英雄和大侠，敬畏自己得不得了，再想想好歹当年这个女人也跟了自己几年，愉快的时光也是有的，所以拉瓦锡决定停止酷刑，放过她。他对商伯良说："不如放了她吧。"

"啊，你不至于吧？何故要放过这个阴险的女人？她可是一个'捷克特'啊。"

"'捷克特'怎么了？还不是一个人，一个女人？"拉瓦锡觉得商伯良的言语很不合自己的心思，连试问也没有，就匆忙地反问起来了。忽然又觉得这样对自己的爱人说话语气太强烈了，加一点儿柔和的成分继续道，"女流之辈嘛。"

商伯良没有说放，也没有说不放，刀子还架在夏洛蒂的喉咙口。拉瓦锡为了那往日的情感，绞尽脑汁想主意，最后建议道："良良，不如让她给咱们做点事情，戴罪立功，或者干脆就做我们的卧底也行。"拉瓦锡正经严肃地凝视着商伯良。

后来商伯良同意了，他们问夏洛蒂她能为他们做点什么呢？夏洛蒂死里逃生，自然要发挥余热，建议可以发挥她的特长：她的枪法很有准头。拉瓦锡作证夏洛蒂没有吹牛，并举出夏洛蒂用石块掷鸟的例子。商伯良马上说好，可以远距离进攻谁谁了。

老师说，关于远距离进攻，下堂课将会详细对大家讲。

他沉稳地说了一声下课，男人味儿十足。他还看了看我，当时我也在看他——最后一排的位子就是好，别人不会注意到我们之间的交流。当然尽管如此，我还是很不好意思的。

我在今夜怀念他，但我没有随他而去。

【18】

曾经有段日子，我简直认为自己已经没法子打发，因为我没有恋人，没有朋友，家里奶奶的狗——阿旺，也不能陪我玩了，它终于死了。一个人的生活到达了如此无聊不堪的境界，真叫人担心。我很可能因此而变成杀人犯，强奸犯，等等，让可爱的警察叔叔们忙活一阵子，然后被抓到围墙里面去——直到我跟踪了我的历史老师，我的生活又焕然一新了。但我内心的深处，还是老爱怀疑，别人是否都能理解我的快乐呢？在上第十八堂世界近代史的课前，我想了这么多。我还想到，我的历史老师还没逃过课呢。每堂课都那么兢兢业业，让人不能不爱他。

老师在打铃后不久便来到我们面前，既没有看我，也没有看任何人，他低着头，又看了看窗外，便开始讲课了。

老师说，后来商伯良没有派追兵围剿巴黎网球中心，因为夏洛蒂透露了一个很大的秘密。夏洛蒂告诉拉瓦锡和商伯良两个人，"捷克特"已经动用了很大的力量往皇宫进发，准备迫使女王在压力之下就范，并且和"捷克特"一起协商政局的改变。夏洛蒂还不无惋惜地说："怕是你们现在已经追不上了。"

商伯良气得跳脚："你怎么不早说啊？这该如何是好？女王陛下现在不是处在水生火热之中吗？"

"不过你放心，我们的组织不会对女王动粗。我们还要依靠女王陛下的力量，自上而下地使国家的制度变革，那是最有效的改革途径。"夏洛蒂突然又出起主意来，"其实我们现在可以什么也不干，甚至还可以认认真真地打一场网球比赛。小拉，你说呢？我们需要的只是时间，需要时间给我们一个结果。"

"可是这帮人在这里干什么？"拉瓦锡指着在网球场上围坐的一群人，那里熙熙攘攘热闹非凡。可谁又知道这群人坐在这里的意义几乎是零，他们所谓的机密，任何一个需要知道的都已经被知道，但是他们还在煞有介事地争论不停。

"你们不是要来抓他们的吗？虽然抓不抓他们已经不那么重要，但我也想帮你们一把。不是说了吗？就让我用弹弓结果一个人的性命吧。看到了吗，那个站在网球场地中央的人物，就是老江湖马拉啊。很多对付政府的馊主意，都是他出的。在革命党之中，就他和我们的首领圣鸠斯特最厉害。可惜他老了，所谓廉颇老矣，怎么对付得了政府的力量。要不要我出手杀了他——你放心，我也算革命党的一分子，混进去是易如反掌。"夏洛蒂强烈地想一显身手，顺便表一下决心。拉瓦锡和商伯良觉得大势已去，皇宫中其实已经没有任何抵抗的力量，几乎是一座空城，也就由着夏洛蒂。（老师说，这样就亲信敌人的谎言，拉瓦锡和商伯良还真是没有经验，大概是少不更事吧。）

　　商伯良长叹了一口气，想自己多么聪明伶俐，可还是对手棋高一招，错估了这个圣鸠斯特。他很想见识见识这个人，但如果真见了他，又觉得自己脸上无光。（老师说了，有点儿"既生瑜，何生亮"的味道。）这时夏洛蒂从她的口袋里，掏啊掏的，掏出了一个大弹弓。拉瓦锡看到后不禁惊叹，那么小的口袋里，怎么能装下那么大的弹弓啊？（老师又说，拉瓦锡真正应该惊叹的是，这个弹弓怎么那么像阿伊达那个啊。）夏洛蒂作为一个"捷克特"，口袋里一定要有重要的武器。以夏洛蒂为例，不仅有锋利的匕首，还有巨大的弹弓，其他的"捷克特"还有打火机啊，小瓶汽油啊，蛇袋啊，毒气罐啊什么的。把汽油和打火机放在口袋里的"捷克特"，大腿那里经常莫名其妙地烧着了，更有甚者会突然地一声巨响把自己的大腿炸飞了，因为当时打火机依然极为原始；装蛇的"捷克特"走路的时候，经常会有蛇从裤脚里掉出来；还有装毒气罐的，走着走着，自己就被毒气熏倒了。只有夏洛蒂最聪明，选了匕首和弹弓，并且在裤子里面为匕首安了一个套子，只有拔出来的匕首才有杀伤力。夏洛蒂在征求了商伯良和拉瓦锡的同意之后，孤身一人勇闯敌营，她让商伯良和拉瓦锡放一百个心，照她的话说："既然你们都不准备伤害我，我还有什么必要背叛你们呢？"她还冲拉瓦锡说了一句，"尤其是你，我又怎么舍得再伤害到你的心？"这句话让一旁的商伯良听了以后很是气愤，也让拉瓦锡浑身打战。

后来夏洛蒂在人群的背后大力发射了弹珠，这粒"捷克特"特制弹珠进入正在滔滔不绝演讲企图煽动人民群众情绪的马拉的嘴里，因为马拉当时站得特别高，嘴巴也张得特别大，所以弹珠的轨迹与地平线成四十五度角左右，弹珠在马拉的小脑部位破壳而出。马拉东倒西歪地从高处的站台跌进人海。拉瓦锡和商伯良，看到了远处的身影飘落，异口同声地称赞夏洛蒂的枪法是：狠，准，稳。（老师说道，历史上所谓的"马拉之死"就是这样的。老师还说，关于马拉的死亡地点是浴缸，那纯粹是杜撰，是不要脸的艺术家们为了展现自己无聊的情绪所设计的。下面的同学们马上热烈地讨论起来，纷纷痛骂教科书和油画《马拉之死》的作者都是一帮可恶的骗子。）乘着一片混乱，夏洛蒂逃了出来，高兴地说："顺利完成任务啦。"然后这三个人直接逃往门口。

逃到大门门口，商伯良觉得脑子里嗡嗡的，天都快塌下来，也许明天他就没有工作了，也许明天发生对他更不利的事情；拉瓦锡也是一样，一切都变幻莫测，一切都无法捉摸。夏洛蒂什么也没有想，她还沉醉在自己枪法奇准的自我膨胀之中。（老师说，跟你们考试得了一个无关紧要的高分一样。）后来商伯良听拉瓦锡的主意，解散了大部队，让他们种田的回去继续种田；准备相亲结婚的也回去趁早完事；

死了爹娘的可怜孤儿，也该回去料理爸爸妈妈的后事了。商伯良认为或许这都是他们最好的归宿，最好的前途了。不管回家发生什么，对他们来说，也只是一场游戏，没有结局的游戏而已。

此时此刻，以圣鸠斯特为头头的"捷克特"的部分革命党人已经到达了皇宫的门口，擂鼓声音震天。

女王慌张地问身边的德·罗尔邦："发生了什么事情？"

罗尔邦镇定地说道："在外面估计是敌人的进犯，在里面正发生着我们的爱情。"突然之间，罗尔邦先生的脸一记抽搐，产生了一个千载难逢的微笑。（老师说，这两个人正待在女王的床上，风流的女王正袒胸露乳。）

这回女王更慌张了："喂，你的面瘫可好了？真叫人难以置信。"

罗尔邦顺势摸了摸自己的脸，果然可以自由地抖动了，兴奋地叫道："这难道不是一件好事情，天大的好事情吗？"

"嘿，那就不好玩啦，你就跟天下所有的平凡人一样了。给我滚下床去。"女王愤怒道。

罗尔邦一时摸不清楚方向，他没法明白变化多端喜怒无常的女人："可是我们之间……至少是有感情的吧。你怎么这样……来对待你……现在的爱人呢？"

"哈，感情？这是什么东西啊？老实告诉你吧，就是我最中意的商伯良，我跟他也没有丝毫的感情——但我还是最中意他……要不是我现在需要他搞掉叛军，我自然会去找他而不是找你。"

"那拉瓦锡呢？"罗尔邦挪开了一点儿身子，觉得这样会安全一点。女王整了整衣衫，抬头看了看面露紧张神色的罗尔邦，一分钟之前，他们还缠绵悱恻，可是一分钟之后呢？"这个你也知道啊？"女王就抛出来这样一句话，"完全没关系。知道就知道了呗。拉瓦锡，嗯，他太鲁钝了，缺乏热情，像个孩子一样需要我来教他该怎么做——虽然人看上去挺顺眼，但这个天下帅哥多得是，我从不稀罕帅哥，后来我一直都没有找他玩儿。"

罗尔邦点头，然后短促地微笑，非常诡异。他说："难怪。"

"难怪什么？"女王厉声喝道，完全不是一个柔顺的女子了。

"您也许不知道，商伯良早就不再依恋您，不喜欢您了。为了逃脱与您的这场游戏，他宁愿躲到遥远的埃及，如果不是这里出了事情的话，我想他是想不到要回来的。走之前，我来到这里，为什么呢？就是因为商伯良为了推托你。这样说也许不太好，当然，回来之后，他还用拉瓦锡作挡箭牌——真是个聪明异常的人。另外一件事情，现在大家都传说拉瓦锡和商伯良两个人关系非常诡异，我曾亲自看到拉瓦锡到商伯良家里去过夜——是在我离开这里以后，哈哈，那个晚上，我还爬到商伯良家的二楼。你猜你看到了什么，两个男人啊，简直不像话，为了躲避一个奇怪的女人，竟然在一起发生不伦的事情。"

"啊——"女王受了一个天大的打击，她痴痴呆呆地听着罗尔邦把这些说完，每一句话都是对她的打击，"他们两个……居然……你没有骗我吧？"她的声音有点儿颤抖。

"女王陛下，我得离开了，您别忘了，外面的局势对您很不利，您应该关心关心您自己了……"罗尔邦一边穿衣服一边说道，然后还在微笑，就像是为了弥补从前那种僵硬的表情，他现在的笑容灿烂而持久。

"滚，你给我滚出去……来人……把这个罗尔邦给我赶出去。"女王疯狂地朝门外喊。有人迅速推门而入。

"您别抓狂，我这就出去了。"罗尔邦面瘫好了以后，嘴角不仅频繁上扬，质量也很高，虽然女王现在不会喜欢。从前面目可憎的罗尔邦的面目也不再那么丑陋，外面进来的女王的奴仆，也为之震惊——看到罗尔邦的笑容就像看到天外来客一样。这个时候从外面跑进来两个信使，一路上喊着"报告"的"报"，然后跪在女王的床前——女王的卧室现在已经变成了临时的会议室大厅。

"报告陛下，'捷克特'首领圣鸠斯特传信过来，说要跟女王陛下共商国是，假如女王陛下能够同意，他即将进宫；假如女王陛下有任何意见，那么……"

"呸。他算什么东西。有什么资格与我……什么'共商国是'？"女王打断道。

罗尔邦说："让我来插最后一句，这个圣鸠斯特，就是您的伯良想方设法也消灭不了、没办法对付的人物，您不如听完那个人的话吧。"

女王听完，神色凄凉，一屁股从帐中坐了起来，随着又一屁股坐下去，然后她挥手示意让信使说下去。

"那圣鸠斯特就扬言说要用人肉雷管炸穿每一堵城墙，攻入院内……小人斗胆发言，敌人的人马可真多啊，而我们的大军已经派了出去，所以……"

女王戴上眼镜，又挥手让那个奴仆不用再说了。她从帐中走了出来，（憔悴得让人心疼，老师说。）安详地说："让那个圣鸠斯特在议事大厅等着吧。我马上就来。"

女王还没有来，老师却要走了。其实课还没有上完，铃声还没有响起，老师说，余下的时间大家自行处理。这种振奋人心的话让同学们普遍都很愉快，睡着了的人也爬了起来，说话人的声音更响了，还有上课鬼鬼祟祟的那一对——就是坐上次我的位子，即最后一排的狗男女，还公然在那里接吻一次，两次，三次……老师看到这一切，伤心地走了。我想，在这个班级里面，只有我看到了老师的一颗伤心，于是也只有我跟在老师后面，离开了闹哄哄的教室。

我一直跟老师出了门，看他那凄凉的背影，我也凄凉起来。老师的背微微驼着，也许他开始苍老了，但我不明白他为什么会苍老，突然之间的苍老。当然，我一定要问明白，因为我很关心他，的确是很关心很关心他的。

我轻轻喊道："老师……"

【18.5】凝视

　　我轻轻地叫我的老师，但老师没有听到，因而没有回头——也许是听到了，也许是嫌我声音太小，嗓门不够大。不管怎么样，都迫使我再来一次。

　　"老师。"

　　老师停住了往前迈进的脚步，如我所愿，真是谢天谢地。他回过头来："是你？"他的表情有点儿惊讶，但是显得一点儿也不惊慌。

　　"老师，您为什么没有上完课就要离开呢？"我走上前，不再那样羞涩。

　　"我今天累了吧，感觉浑身没劲儿，所以就提前结束了——你难道没有看到同学们都为了这个很高兴吗？两全其美的事情。"老师生涩地回答。

　　"可是……究竟是什么原因呢？"我逼问。

　　"回家再说吧。今天……你是否能到我家里来呢？哦，就是上次那个地方。"

我现在不知道究竟该如何作答。虽然我想去，但是有种莫名其妙的顾虑——就像吸毒者看到了毒品一样，当然没那么夸张。我抬头看看他，他戴着帽子，天还好，有点儿残弱的阳光，就快消失的夕阳，红彤彤。

　　我后来微笑着说："好呀。"

　　比我想象中更快，我们来到了老师的家，爬上了三楼，进入房间。老师很尴尬地锁了门，不知有没有被人看到。有一阵子沉默。老师去烧了开水，煮了稀饭，炒了一点菜；我，什么也没干。

　　后来老师开口，带着菜香、饭香，还有一脸的水蒸气——房间里已经都是水蒸气了，很迷人的景象。他在一片迷茫之中说："知道我有女朋友的吗？"

　　我点头："嗯。"

　　"你知道？"老师诧异起来。我不知道该说是那个在镜子面前扭来扭去的"张曼玉"，还是来学校偷听老师上课的"张曼玉"，后来我说："上次我在校园里看到你跟一个漂亮女孩子说话，应该就是那个女孩子吧。就是，那次期中以后，你给我的成绩很低。就是那个女孩子，嗯，蛮漂亮的，是吧？"

　　"哦，对。期中的时候，十一月份。那时还很好呢。"老师若有所思，我走到他的面前，高高瘦瘦的老师啊，已经在我的面前。我是那样地小鸟依人，那样地想依偎在这个男人的怀里，那里有我喜欢的老师的体温、老师的味道。老师看到我走向他，摸了摸他的后脑勺，那里没有头发，没什么

172

好摸的，而且就算他怎么摸，反反复复地摸，也摸不出头发来的。他似张不张的手臂，让我或者还有他自己都觉得很尴尬。我拉长着脸，面对着他，很想问一句："你这是什么意思嘛？"但没等我问出口，他先坦白开来："我有女朋友啊，真是很抱歉。"说完，他就低下脑袋，装得比我还要害羞。

我就给自己壮壮胆子："老师，这个，我没有介意。"

"我知道你不介意，可是她知道以后会生气的。"老师解释道，还叹了一口气。

"这有什么好生气的，我又不是女人，不跟她抢男人的。她还要吃我的醋不成？"

"她走了。"老师转身面对墙壁，轻轻地吼道。是的，他吼了，但是声音不大，可是已经把我镇住了——没想到他这么喜怒无常，把我的发言打断了。这是我所听过的老师说话声音最响亮的一次——以前他总是温文尔雅的。这一次，他像军人一样，声音来自胸腹，铿锵有力，在小屋子里面动荡。老师快把我弄哭了。我像是受了很大委屈的孩子一样，眼眶之中含着泪珠。

老师的手脚都在发抖。抖了没多久，他又一次转过身子，估计是抖不动了。看到了我的满面的泪水，像从我的鼻孔——面部的中央喷射出来一样，均匀地涂在脸上，我年轻的脸上。他还有同情心，张开像猿一样长的手臂围住了我，而我，就顺势倒下了。我抽泣的气息，在冷空气中，变成了一团雾花，开放，枯萎。

我流着鼻涕说道："她为什么要走呢？发生了什么事情？"

老师犹豫了一阵子，推开我的身子，面对着我，告诉了我。

"那天你来这里以后，然后就……我过了两天去我女朋友的家里，她家里。她知道我在这方面的毛病——好像她还知道你；她处处怀疑我，经常跟踪我。我没让她找到，她就反反复复地盘问。我就告诉了她全部，并且希望她能谅解我。我还保证过……可她对我还是大光其火，后来告诉我，写的信，喏，上面说她走了，而且她保证，我没有办法找到她——她说如果我找到她，她就不会再爱我。"

老师从口袋里摸出一封黄色信封，一端已经被撕开，撕得很不整齐，可见撕信的人当时比较着急。我接过信，抽出信纸，慌忙地、迅速地阅读起来，我想尽快地知道上面写了什么，发生了什么。

Darling：

　　还是叫你 Darling，就是叫你 Darling……

（接着是类似这样的话，等我明白过来以后，马上大段地跳开。）

　　我不知你的苦，我不可能知道，你告诉我以后，
　　我也无法理解，所以我只能离开……

我想我是失败的，就这样失去你了。我也许再也不会回来，不再等待你回来了。你找你想要的，找你想要的生活吧。

　　我也许去镇江，也许去南京，也许是绍兴，也可能去黑龙江，或者海南——别以为我只能待在江浙一带，我把我的钱都带上了。如果你有把握找到我的话，你来找吧。假如你还是爱我还想找我的话，来找吧。可是你真的想找吗？可是你真的找得到吗？

（后面还有很多同类的问句，我也跳过了。）

　　想想我们几年的感情，八年，七年半……如果你因为我的离开而伤心，而悲痛的话，也许我会好过的。

（这句变态的话还真是亏她说得出来。）

　　我希望你找不到我，否则我就不爱你了，不想爱你了，不会爱你了……"

　　我飞速地看了大致的内容，看着看着，刚刚止住的眼泪又要流出来，觉得老师真可怜，一个很漂亮的女朋友——虽然有点儿变态——就这样丢失了。也许因为我，也许是因为我跟老师好上了，但我得安慰他："老师，至少您还有我啊。"我哭着微笑，傻傻的。

"但是我们……这样是不好的，不合适……你能懂吗？"老师的声音断断续续，他看着我，老师的眼睛，怎么也湿掉了呢？两个男人怎么会彼此流泪呢？我的心不知是欢乐还是痛苦，完全不清楚是在干什么，为什么会在我的老师面前，为什么会哭？在这迷惘之际，我想到了老师在课上讲的拉瓦锡。

我说："可是老师，您都能让拉瓦锡和商伯良那么容易就好上了，就相爱了，也没什么不合适啊？为什么您，会觉得……我们不合适、不好呢？"

老师因为我突然提到了拉瓦锡而发闷，他开始真正仔细地看我，大概想从我的眼睛里看出什么来，其实我眼睛里什么也没有；或许，他在重新打量我，趁此机会，我问道："那您真的喜欢你的女朋友吗？"

"当然，喜欢。很喜欢。我跟她在一起很多年了，要不是我不好，我们大概早就结婚了。"老师继续用哀叹的口气。

"那您怎么不好了呢？"我问。

"你不知道，算了，还是别知道的好。那你有没有想过我们以后怎么办？你自己怎么办呢？"老师温柔的话语之中，我感受到了多种心情：无奈，痛苦的无奈，百般无奈。

其实我哪里不知道老师的不好，就是在外面跟男孩子乱来，我是明知故问。我知道他喜欢乱来，还跟他乱来，我想我是真的很想跟他乱来了，因为——我的意思是，我是真的很喜欢我的老师呀。但是我的确不知道，我跟老师以后怎么办。怎么办呢？到底会有什么样的结局呢？

后来我跟老师还是亲了，抱了。至此而已。老师因为失恋，心情很不好，我只是想让老师的心情不至于那么不好。我吃了老师煮的稀饭，很香，吃得很满意。我是笑着吃完那碗稀饭的，而且老师也笑了。老师的笑，这个比较重要。

【19】

寒冷的冬天，教室外面的风像老虎一样咆哮着，很嚣张很威猛，可把我吓坏了。我更像一个需要保护的人。我里面穿保暖的羊毛胆子，外面穿保暖的大衣，我也戴了一顶帽子，不过进了教室以后我就摘了下来，因为我的同学告诉我，我的这顶帽子很像历史老师戴的那顶哦。其实不是很像，根本就是啊。那是上次在老师的家里老师看到外面很冷让我戴着走的，那天晚上的风也很冷，老师怕我的头被风吹到，所以给了我这顶帽子。我感激万分，然后就真的戴着走了。回到了家里，我仔细地摆弄它——视之为圣物。

今天我看到老师光着脑袋走进教室，脑袋上湿漉漉的，真叫人心疼。他比我更需要帽子啊，但他无私地关怀了我。这叫什么？我猜，这是老师对我真心的关爱。嘿。

我的老师，他搓了搓手心，接着搓了搓脑袋，借以取暖。暖了以后就开始上课了。我摸了摸帽子的内沿——衬里，就像摸到了老师的头一样，有点儿心花怒放的感觉。

老师说，女王后来跟圣鸠斯特进行了一整个下午和晚上的谈判，时间持续很久。双方的兄弟都等得很不耐烦，派人不断地去催促，催促来催促去，也迟迟不见这两个头头出现。知情的人甚至要猜测："这两个人搞什么鬼啊？难道……"然后就各自嘻嘻哈哈道："这回好了，谈判肯定没有问题啦。"

　　"捷克特"一伙儿的人夸耀圣鸠斯特：真是个有魅力的男人，时间这么长，真是太强了。政府的官员也窃窃地交谈：那个野杂种一定是被我们的女王摆平啦，所谓英雄难过美人关啊。双方都对这个社会或者说社稷充满了信心，个个乐开了怀，因为这样的局势可以不使用暴力了。众所周知，暴力总是要死掉很多人，如果会死人，在死掉的人之中可能就会包含了这些暗自高兴的人——这下他们不用死了，可以想见，他们的这种兴奋和幸福的感觉不是没有来由的。

　　后来女王跟圣鸠斯特从大门携手而出，大伙儿看到后齐齐地鼓掌。掌声喧天，一点儿也不比"捷克特"进犯皇宫时的声势小，因为这次皇宫里的人也参与到制造声响的队伍中来了。

　　女王出来后，也是一副幸福的模样，正是众人意料之中的。她站稳了，然后就宣布皇宫里的戒备马上消除，和平就从此刻开始。一边的圣鸠斯特马上点了点脑袋，说明这个女王没有说谎话蒙骗大家，这个多么好的消息、多么符合人心的消息自然又掀起了一阵更为热烈的掌声……

　　在掌声无数遍响过以后，女王与"捷克特"联合执政，自上而下地对社会制度进行大刀阔斧的改革。改革以后，革命党成了领导者，社会的主流，自然也不闹革命了，东炸西炸的事情也销声匿迹了。原班的大臣基本上也没有很明显的利益上的损失，原本做官的继续做官，原本的侍卫继续行使看守的职责，原本的宫女依然春风得意地舞弄姿色、卖弄风骚，原本的人民大众的生活有没有改好，这个时候大家暂时还不知道。这一切基本说明，这种政策对大多数人都有好处——人民也许会说，好处呢？好处在哪里？可是请你不要着急，因为好处总是会姗姗来迟，急是没有用的。（老师说，对大家都有好处的事情，为什么不尽快做呢？）一切迹象表明，法国就要进步了，法国获得了新生。

在一切政策颁布之后，商伯良和拉瓦锡回到了皇宫，已经是第三天了。前两天他们果然去郊区进行了一场郊游。郊游的主人公是商伯良和拉瓦锡，另外还有一个夏洛蒂，但她经常一个人莫名其妙地在田野里瞎逛，或者被拒之门外，而商伯良和拉瓦锡两个人在屋子里面谈心交流。农村的空气好，阳光也好，一切政治上的事情就被这两个人慢慢遗忘。要不是乡亲们传来一点改革的事情，商伯良和拉瓦锡还想不到回皇宫待命。他们只是想等一切事情结束了以后再作进一步的打算。这次他们回到了皇宫，果然好像什么事情都不知道一样。

在皇宫的内院，商伯良问了一个大臣："怎么好像没有很大的变化啊？难道什么事情也没有发生吗？"

大臣说道："那你就当什么也没有发生好了——难道什

么事情也没有发生对你对我不好吗？"

"那总归发生了什么吧？而且你的口气好怪啊。——咦，你以前不是一等官吗？现在怎么只有两颗星了？"商伯良继续着。

"嗯，口气的问题，我今天吃的是咸菜，请不要见怪。有官做不好啊？再说了，两颗星，也不小啦。臣知足了。"这个老人一点儿惋惜抱怨的话也没有，令商伯良很奇怪，怎么贬职了也这么想得开啊，真是个心胸开阔的人。

商伯良随后在皇宫里面兜了几圈，人事依旧，只是老也找不到那个面瘫罗尔邦，个个都是笑容可掬。打听了以后，也没人知道。拉瓦锡跟在后面，和一同带进宫里面的夏娃不时地聊天，在乡下的时候已经很冷漠了，这个时候应该缓和一下彼此的关系。两个人聊天的时候，经常会被在前面带路的商伯良回头骂道："叽叽喳喳的怎么没个完啊？也不帮忙找人？"

拉瓦锡每每听到商伯良骂骂咧咧，都会很开心：这小子又吃醋。为了避免爱人吃醋吃出毛病来，他减少了与夏娃聊天的次数。但夏娃就不高兴了，凑上去小心地问拉瓦锡："你真的喜欢男人胜过喜欢女人？喜欢商伯良胜过喜欢我？听他的话不听我的话？"

拉瓦锡小声答道："嗯。"然后甜蜜地一阵微笑。这个时候夏娃终于见识了世上第一对同性恋，而且这个笑容快把夏娃气翻。气翻之后她就一直板着脸。她不再说话了。

商伯良东敲敲西敲敲，到处询问打听罗尔邦的下落，既像贼又像私家的侦探，可是这个贼不聪明，这个私家侦探也不精明，所以他还是一无所获，再也没有找到罗尔邦。他想，难道罗尔邦兄弟被人黑掉了？被灭了？后来又想道，这个人又不笨，不至于吃人家的阴招，又有女王的庇护，所以不至于被搞掉的，没这么容易就能对付得了他的。再后来商伯良碰到了一个平日里没有见到过的陌生人，跑上去就问："哪个部分的？来这里干什么？"

"什么哪个部分的？我可是一等官啊。看没看见我肩上那颗星啊？"那个中年男子狂傲地回答道。

"敢来晃点我？一等官？我怎么没见过啊？"商伯良有点儿气愤。

"你是哪个部分的？跟你说啊，我是新上任的财务总监呢。你以前没见过，也蛮正常的咧，来，握个手，算是认识一下。"

"正常你个头啊。我是财务大臣商伯良，敢问阁下？"

"啊，久仰久仰！我是'捷克特'过来的人，不过对您已经是非常敬仰了。呃，这几天都没见到您，好像女王陛下也一直在找您哦。您到哪里快活去啦？"

商伯良听到女王正在找他，就再也不搭理这个乡下人，径直去找女王，他想：女王应该是知道面瘫罗尔邦的下落的吧。

所以这三个在乡下玩了几天的人，都齐齐走向女王的住处。女王正在呼呼地睡觉，听到了呼呼的声音，商伯良开心地对身后的拉瓦锡说："女王在，这下可好了。"

尊敬的玛丽·安托瓦内特女王陛下正在午休。后来一个人谨小慎微地跑上前来禀报："陛下，商伯良先生求见。"这个人也是很为难，因为如果此时女王心情糟糕的话，有人吵到了她的睡眠，必是死路一条；可是作为几天来女王一直在寻找的商伯良，他突然出现以后，假如这个人不及时禀报，很可能又要死路一条。还好，女王醒过来后，完全没有责怪的意思，甚至，女王马上说："快快安排他与我相见。"这个下人终于松了一口气。

女王看到了商伯良，同时也看到了拉瓦锡，兴奋难当，马上直呼两个人的名字："商伯良啊，拉瓦锡啊，这几天你们到底死到哪里去啦？"

"回禀陛下，我们在乡下玩儿了几天，看到了拉瓦锡的故乡呢。那里风景可美呢。"商伯良说。

女王疑惑地问："这里出了大乱子——当然，现在算是已经好了——可你们居然在郊游？你们有没有完成我派给你们最后的任务啊？莫名其妙地就失踪了这么多天，我可是担心死了。"女王扫视两个人，同时发现了第三个人，那就是亭亭玉立的夏洛蒂。女王继续问道："这个漂亮的女孩子是谁啊？"

"哦，这是我中学同学——夏洛蒂，她可帮了不少忙呢。虽然我们的任务最终没有完成，但是我们没有什么不尽心尽力的，而且我们……"

"嗯，帮了不少忙？什么意思？"女王迫不及待地打断。

"哦，她是'捷克特'的人——不是现在已经和政府合作了吗？她帮我们干掉了马拉这个老鬼。"

"你跟'捷克特'……早就混在一起了？传闻看来是真的。"女王的前半句话声音还不小，可后半句话怕是只有她自己才能听得清楚了。

后来这三个人被安置在议事大厅。不知道为什么，女王由谈锋甚健迅速变得沉默寡言，甚至说自己头疼，需要暂时休息。更奇怪的是，拉瓦锡中途被人叫了出去，而且一直没有再回到商伯良和夏娃身边，于是这两个人不禁疑惑："出了什么事情呢？"但是疑惑归疑惑，谁都不知道到底出了什么事情？

老师跟我们说，拉瓦锡出的事情叫作被抓住了。女王让三个人在议事大厅等待的时候，一个人静静地闭目养神，中间有两声咳嗽，结果咳出两口血，女王就自言自语起来："重伤啊。"然后她吩咐手下的亲信，意思是秘密地把拉瓦锡关进大牢。

"要是别人问怎么办啊？"亲信不太明白女王的意思。

"你可以当作什么也不知道。"

"要是拉瓦锡先生不答应怎么办？"这个亲信有点儿愚蠢。

"由不得他。不用管他，你可以直接关他入大牢。如果当中有麻烦，喏，就出示这个。"女王卸下她手中的戒指。

亲信接过后看了看戒指，又看了看女王，好像有点儿懂了，就动身出去传了个假消息，说女王想见拉瓦锡，单独地。

当时拉瓦锡考虑了一下，还是跟着去了。拉瓦锡自己也不会知道，这一去，就再也回不来了。

拉瓦锡兴高采烈地去见女王，不管怎么说，他有点儿兴奋，这兴奋是没有来由的，讲不出一点儿原因，没有一点儿道理——唯一的理由也许是拉瓦锡还爱着女王。渐渐地，拉瓦锡发现气氛不对，方向也不对，就焦急地问旁边引路的人，还有传信的人："女王在哪里？不是往这里去的，而应该是那里啊。"拉瓦锡指着正确的方向告诉他身旁的人。这些人诡异地笑着，拉瓦锡看见了这些诡异的笑容，马上变得慌张起来，可是他还想强作镇静，义正词严地问："你们到底想干什么？这条路不是到女王那里去的，你们想带我去哪里？"

拉瓦锡没有得到任何人的回答，他在一条幽长的地下小道上，突然歇斯底里起来，更为可怕的是，四周墙壁上的蜡烛一起熄灭了。就在那时，拉瓦锡前后左右闪出了很多的人，对他拳打脚踢，一点儿也不客气。有的拳头落在了拉瓦锡的面门，然后拉瓦锡倒退两步，双手护住了脸；有的拳头落在了拉瓦锡的小腹部，拉瓦锡马上发出撕心裂肺地尖叫，然后用双手护住腹部；这时候又有一拳正好击中了拉瓦锡的嘴巴，出手的人正等待着拉瓦锡吐出几颗牙齿，好来满足他的成就感，可惜拉瓦锡没有门牙，但这不代表这个人毫无建树，拉瓦锡的双手回来捂住嘴巴的时候，发现那个地方肿了起来，并且有黏稠液体流淌而出……还有不少无影腿扫中了拉瓦锡的腰部、屁股、大腿、小腿……拉瓦锡实在是疼痛难忍，只好找个机会一头栽倒在地上。

在这些黑暗人的拳头和无影腿击空、扫空的时候，有一个人喊了一声："停。Stop。"他说，"人家都倒下来了，你们再这样打下去就要打到自己人啦。"

蜡烛重新亮了起来。

神志不清的拉瓦锡遍体鳞伤，在一场被群殴的战役之中，他毫无准备，毫无反抗的力量。到了这个时候，他才想到，是不是该问问这些人有没有打错对象？

"你们要揍的，真的是一个叫作拉瓦锡的人吗？"拉瓦锡喃喃自语，但他本身洪亮的嗓音已经足够让在场的每一个人都听到全部的内容了。

"对。打的就是你。"刚刚喊"停"的声音又出现了。

"为什么？"受伤者如是说。

"呃。"这个声音迟疑了一阵子，没回答出来，其他的人也窃窃私语起来。

"是啊，为什么要打他呢？"第一个人问第二个人。

"我看他先出手的，然后我才动拳头的啊。"第二个人对第一个人说，然后手指着第三个人。

"我是看他先打的，对，就是你。"第三个人先是跟第二个人解释，然后就指证第四个人。

……第四个人默默无言，在擤鼻涕，装得很无辜的样子。

"哎，各位，你们有没有看到地上的牙齿？我刚刚明明打到他的嘴的，你们看，他现在牙齿没有了，地上却找不到。

真是奇了怪了。"突然有个人插嘴问。

……无人应答。

拉瓦锡苦笑，他笑这帮人的无知，虽然知道他是拉瓦锡，但不知道拉瓦锡就是赫赫有名的没有门牙的那个拉瓦锡。他拉瓦锡的牙齿早就在十年前送给一个叫作夏洛蒂的女人了。他躺在冰冷的地板上，四周的空气缓缓掠过他的身体，他开口说："试问，你们不知道为什么，哈，就平白无故地来殴打我？什么天理啊？"

"可是，上头就是这么吩咐的呀。"

"对，上头吩咐的。上头的吩咐最大嘛。"有人附和。

"上头，谁？"拉瓦锡紧张起来。

"上头就是上头，没什么谁不谁的。"

拉瓦锡听到这样的回答后，在绝望中昏迷了，重伤之下的他挺不住了。

留下了一个无比沉寂的段落，老师离开了教室，我整理好我的书包，把笔记放到书包的最里面。从课桌里，我捏到了老师的帽子，我想把这顶帽子还给老师，以表达我对老师存着同样真心的关爱。但是老师却没有等待我，他走了，走得很匆忙。

我打了个冷战，戴上帽子，出发。要问我去哪里，你想，我还能去哪里呢？

【19.5】追寻

我到达老师的住处，敲门："咚、咚、咚。"老师开门把我迎入。

"很抱歉，我得尽快整理东西。但我知道你会来的，看，我都有先见之明了。"

"有什么重要的事情吗？要出差吗？"我看看老师，他已经把大包小包都揽在身上了，就像一个出门在外的旅客一样。

"嗯，我得找到她。"

"谁？"

"我的爱人。"老师的回答异常肯定。

我沉默了，低着脑袋。

"为什么？"沉默之后，我说。我有种感觉，就像要失去珍贵的东西。我焦急地问："为什么一定要找到她呢？"

"因为我发现，我很爱很爱她……是的，我发现了……离不开她。"老师望着我，似乎怀有道歉的成分。他就是那样看着我。

"不——"我声嘶力竭地大吼一声，眼泪就汹涌而出。在我认为我即将得到我的历史老师的时候，他说他要离开我了。我失声流泪，我问："那封信呢？在哪里？给我。"

"哪封信？哦，你别这样，这样会让我更难受。"

"信，给我信。"我伸手摸老师的口袋，也许他把它放在那里。可是并没有发现。

"为什么？"

我抬起头来，看到老师，再也按捺不住。我抱住老师，决不能放他离开："您——别走——"

"别这样，别这样。"老师试图推开我，但没有成功。我年轻力壮。他解释道，"下午五点半的火车，再不走就要耽误了。本来我已经可以走了，但是，我想我该等你，我是为了跟你道别……求你别这样。"

我已经泣不成声，我怀抱着穿着厚厚实实衣服的我的历史老师，呜咽道："那封信上……不是说……您找不到她的吗？而且……她不是说……假如您找到了她，她就不爱您……了吗？"

"那是她的气话吧。你不了解她——当然，你怎么会了解她呢？她不是这个意思，肯定不是这个意思的。对，我了解她。"历史老师说话的时候一会儿摇头，一会儿点头，有点儿神经质。而我，只能扑倒在一个神经质男人的怀抱里，不断地流泪——一个男人的眼泪有如此之多，真让人难以相信。

老师用力地推开我，至少用了八成的劲儿，否则是推不开我的。他双手摁住了我的两个肩膀，郑重地跟我说："听我说，孩子，我不是你的，我不是你的归宿，我们之间——说得不好听一点儿，是场游戏。但我很不愿意这么说。我们到此为止了，好吗？听我说，我们只能到此为止了，懂吗？我的时间已经不多了，不然我就真的再也找不到她了——跟你说，今天我收到了她的一封信，信封是空的，但邮戳是镇江的，这说明她还在镇江。我得马上出发，我得走了，这里的一切我都打理好了。听我的话，别有任何想法，别有任何危险的念头，也许马上……我就会回来的。"

老师一边说，一边摇我的肩膀。说到"听我说，听我的话"等等的时候，他就狠命地摇，仿佛只有这样我才能听到他所说的话。我晕晕乎乎，早就神志不清了，知道吗？他的每一句话，都那么冰冷无情，都不像他说的，不像我的历史老师说的。我只有傻愣愣地怔住，站在原来的地方，搂住老师的身体的手也耷拉在一边。

我说："那您什么时候回来？"

"顺利的话，也许几天，如果能很快找到她。"

"找不到呢？镇江，那个地方那么大。"

"可能是几个礼拜，直到找到她为止。"

"哦。"我痴痴呆呆地回答，泪也流干了，"如果一个礼拜也找不到呢？您还回来上课吗？"

"嗯，那这样。"老师若有所思，他回头从桌上的包里取出一本东西，我定睛一看，就是那本讲义。他翻开那本讲义，里面全是密密麻麻的钢笔字，潦草，但是并不难分辨。他翻到了最后的几页，指着一个地方说："这是最后一堂课的内容，如果我下个礼拜还不回来的话，你能不能帮我念给大家听。只要念就可以了——虽然大家都不感兴趣，但总会有人要听的，这个完结。还有这儿，这是期末考试的要求，只是一篇随笔性质的文章，是对这个学期课程的总结，写什么都可以，很容易对吧？"老师微微笑，他看到我哭丧的脸以后，笑容马上变得尴尬起来。

我看着即将离我而去的老师，点点头。

"好，我走了。祝我顺利。你也笑一个，什么都会过去的，一切的一切都会成为后人的历史。"老师就快夺门而去了，而我什么也没有做，表情呆滞地面朝着老师，我很想笑，但很可惜，我始终没有笑出来。

就这样了吗？这就是结局了吗？我一个人站在人去楼空的屋子里，周围已经什么也没有了。

我手上有一份讲义，历史老师的手迹，我的书包里有历史老师的帽子，帽子的内沿，应该还有历史老师脑袋上的无机盐。

我突然拔腿就跑，冲出屋子。三楼的楼梯好长，我几次踏空阶梯，就要摔得粉身碎骨。我跑啊跑的，车站就在不远的地方。我呼出的热气染白了我眼前的空气，我终于看到了车站上等待的身影，离我五百米处吧。冲啊。

"老师，您的帽子。天冷啊。"我提高了嗓门。突然有一辆公共汽车呼啸而过，差点儿就擦到了我，我被惊吓了一下，可还在跑动之中。虽然没有公共汽车快，起码也比自行车快多了。然后公共汽车到了车站就停了下来，老师就要钻进去。

"老师，等一等，您的帽子。"我一路喊着过去。

老师钻了进去，然后车就启动了。老师把脑袋从窗口探了出来："来不及了，帽子你留着吧。"老师的嗓门够大的，很远很远传了过来。

"不要不要，天冷啊，您自己也需要的啊。"还有两百米吧，我得加油。我一定要把帽子送到老师手里。老师啊，您快让司机停一停。

果然，车启动了以后没有加速，甚至有停下来的可能。我欣喜若狂，顾不上别的，喘气、心跳。快啊，我手里挥舞着帽子，像在跳舞一样。

可是——车又加速了吗？不。

"喂，停一停啊。"我喊啊，"停一停啊，司机——师傅。"

车没有停下，一直开往前方。为什么？为什么不停下来？就差这一点儿啊，这么点儿时间。我明知道只要车不停下来，我不可能追上它，可是我还是咬紧牙关使尽了最后一口气，最后一点儿勇气，高举着帽子："喂。"

"呼、哈、呼、哈。"

"咚、咚、咚、咚。"

我再也跑不动了，越来越慢，越来越慢，像一只钟一样跪倒在马路上。

"呼、哈、呼、哈。"

"咚、咚、咚、咚。"

我躺在马路上，手里捏着那顶还没有还掉的帽子，浑身热得发慌。我眼睛眨也不眨一下，看看天空，渐渐昏黄下来的天空；我看看稀少的行人，他们路过以后会留下诧异的眼神；看看买菜回来的大妈，她说："小伙子，该回家了。"

【20】

　　老师走了以后，我每天都去老师那里，缅怀一番。第二天，我收到了一封来自南京的信，空的；第三天，我收到了一封来自无锡的信，也是空的；第四天，没有信；第五天，是一封合肥的，还是空的。

　　我知道，老师回不来了。

　　当铃声响起的时候，我意识到我该站到讲台上去跟大家说点儿什么。我从书包里抽出老师的讲义，这几天，它一直在我的身边——在一片喧闹声之中，我走到教室的前端。通常这个时候，历史老师应该已经在这里了。我仿佛能够感受到老师，但是他在哪里？

　　全班的同学看到我径直跑到讲台时，纷纷张望门口，怎么那个老师还没有来呢？我第一次感受到老师看我的角度，就像我看这群烦躁不安的人一样，一个温柔的角度。

　　我告诉大家："今天老师不会来了，老师让我帮他读他的讲义。然后布置给大家期末考试的内容。"

"嗨，你怎么知道的呀？而且，凭什么就是你啊？"有同学不服了。

"你是什么官啊？"还有人问。

……

我什么话也没说，就准备朗读老师的讲义给大家听。是我答应老师的，我怎么能不照着做。

"等一等，你先告诉我们期末考试考什么吧。"

"对对，我们对这个比较感兴趣。"

"那你们对课没有兴趣吗？"我问。

"没有对考试的兴趣大。哈哈。你也不是一样的吗？这么拍马奉承，还不是为了一个好的期末总评吗？"有个家伙从自己的位子上站起来说话，马上又有不少的人起哄。

在一片热腾的噪音之中，我轻声说："是这样的吗？"然后又轻声说，"我还是觉得先讲完课比较好。"这句声音不响亮的话马上被这帮人收到了。他们叫嚷着，扬言假如我不先把考试的事情说出来，他们就要动粗了，要来赶我下台，然后自己拿去看。我看这样的情况不太好，就同意了他们的要求。

"期末考试是写一篇文章，主要写你对这个学期你所接受的历史知识的感受、看法或者说是你的心得。"

"交给谁啊？期限呢？"

"快说啊你，怎么这么慢的？磨蹭什么？看我们干什么？"这帮人叽叽喳喳吵得真凶。

"第二十一周，也就是下个礼拜，历史办公室，李老师。"我无奈地接受命令。

"好。"有几个人从座位上一跃而起。从这个一跃而起的姿势来看，他们很兴奋，兴奋得难以自抑。

正当我预备认认真真地朗读讲义的时候，一帮子男生背着书包走掉了，有的背adidas的书包，有的是puma的书包，有的是nikko。不管他们背着什么包，都是往门外走的。看来，他们没有把我放在眼里，也没有把这堂课放在眼里。如果眼里没有"世界近代史"这门课，真不知道下个礼拜的论文他们怎么写得出来。因为不知道结果，你就不可能知道你应该哭还是微笑，应该悲伤还是欢喜。

人渐渐地就要走光了，一帮女的也走了，剩下几个死用心的面面相觑，有人听，我想我就应该读下去。

我读道：

拉瓦锡在昏迷之中终于被关进大牢。在被关进大牢的一刹那，他醒了过来。得知有人要关他，起先他是不同意。但是关他的人说这是上头的意思，拉瓦锡就同意了。同意之后，拉瓦锡还问："你说的头头到底是谁啊？"

关押他的人置若罔闻，装作没有听到。后来又摇了几下头，大概认为拉瓦锡无药可救了。

拉瓦锡就诚恳地并且加大了嗓门："求你了，到底是谁指使的呢？"（老师在这里注道：很多时候，疑问总是难以解开的，尤其是当人家故意要隐瞒答案的时候。我想，老师

196

的这个见解是非常有道理的。）因为关押的人故意隐瞒，就算拉瓦锡再求他，也无济于事，然后拉瓦锡就一屁股坐在这间大牢的角落里了。谁知坐下去的时候，拉瓦锡觉得有种刺心的痛——他的屁股先前已经被拳打脚踢，变得肿了。他肿的不光是屁股，长在他身上的一切，都肿了。拉瓦锡张大口骂的时候，发现嘴也肿了。

看得出来，这是一间专门为拉瓦锡准备的牢房，而且是比较高级的，铁栅栏格外的牢固，地板特别的滑。这说明地板的质量很好。夜里，拉瓦锡勉强站起来，走到天窗附近，凭眺月光。他疑心晚饭给他准备的东西里含有兴奋剂，所以他老也睡不着。但要在这种环境下安然入睡，也的确有点儿难度，特别是第一夜。拉瓦锡觉得他睡不着觉的原因是他想不通，他为什么要被关在这里呢？为什么人家要莫名其妙地殴打他？——或者说，为什么那么多人要殴打他？出手又那么狠？当然，他主要想不通的是，那个头头到底是谁？（老师在这里又注道：这种疑惑类似于乔峰对于"带头大哥"的迷惘。）

如拉瓦锡之愿望，月光很美好。清风，闲云，外面还传来蛐蛐的叫声——根据最后一点，拉瓦锡判断自己所处的地点已经是皇宫以外的荒郊野岭了。拉瓦锡这时候很想照照镜子，看清楚自己的伤势有多重。失去了自由的拉瓦锡，理智并没有完全被摧毁，他还想顾影自怜。于是他走到铁栅栏前，叫唤了几声："喂，喂，有人吗？"

"什么事情啊？尿尿靠墙就可以了，大便的话，草纸就在你的草席下面。"

"不是啊。"拉瓦锡轻声回答,"这位大哥,你可有镜子?借小弟一用。"

"哈,还真臭美啊。撒泡尿就可以照啦。"看守说。

"哎,别开玩笑了。我真的想照照镜子啊,嗯,这样吧,算我求你了,行吧?"拉瓦锡卑躬屈膝。

"少来,你以为你是谁啊?没几天,你就要被砍头的——在这个房间里面待过的人,从没有活着出去的。不管你皮肤好不好,或者长有暗疮青春痘,都一样。"

拉瓦锡听完砍头两个字,身体马上一软,情不自禁地发出一声:"啊。"难道自己已经是一个死囚了吗?不会吧?

"我犯了什么罪?"拉瓦锡悲愤地问。

"我怎么知道?"看门的人不无无奈地说。

"试问,不知道我犯了什么罪,你凭什么砍我的头啊?你倒说说看,啊?"拉瓦锡突然有种抓狂的感觉,在铁栅栏面前跳啊跳的,看样子很想从里面跳出来抓住看守人的领子质问。可惜,说过了,这个铁栅栏比较高级,疏密有致,不管拉瓦锡怎么跳也跳不出来,这也算拉瓦锡的无奈吧。

看守的人看到拉瓦锡发了神经,打算不再搭理他,想走开了。他打发他说:"又不是我想砍你的头,真是的,朝我发什么疯?说过了,尿尿靠墙,草纸在你的草席底下,没几天了,注意卫生,不然又是我要打扫了。就这样,拜拜。你好自为之吧。" 这个中年看门人说完后就扭身走人了。

拉瓦锡看到唯一能跟他说话的人就要离开,紧张得直喊:

"别走，别走。我还没问清楚呢。"可惜这种喊声一点儿用处也没有。如果他有把枪，扳机一动大概就会有用处，可惜拉瓦锡哪里会有这种豪华的东西？那个看守的人还是去打盹了，也不知道他怎么会这么累。

拉瓦锡抓了抓铁栅栏，后来就蹲在地上流起眼泪来，也许他伤心了，也许他绝望了，这都很正常……

当拉瓦锡蹲在大牢里流眼泪的时候，商伯良正躺在床上思念他，这也好歹没辜负他们之间的感情。不知为什么，商伯良这个孤单的人也辗转难眠，这才真正算是心有灵犀。商伯良想念拉瓦锡了，他很想找人打听一下，但不知道找谁好。罗尔邦也不见了，他也记不清是谁召唤走拉瓦锡的，以致拉瓦锡一天都没有再见踪影，这让商伯良对宫中的变化更担心了。只有一种可能使商伯良平静下来——虽然这种可能根本就是事实——拉瓦锡遭遇了最困难的处境。好在这已经是最后的困难了……因为拉瓦锡就要死了，就要被砍头了。

女王决定处死拉瓦锡，秘密地执行。

玛丽·安托瓦内特女王痛恨拉瓦锡的背叛："他为什么要这样做呢？"女王怎么也想不明白，她派她的人已经打听清楚，拉瓦锡确实跟"捷克特"有一腿，那个夏洛蒂就是拉瓦锡当年的情人。

"情人啊。"女王感叹。

女王把一切罪责归咎于拉瓦锡的背叛，她把对"捷克特"

的愤怒加在拉瓦锡身上，她要处死这个国家的叛徒。当然，在此之前，她得见拉瓦锡一面。

第二天的中午，隔着铁栅栏，女王看到熟睡了的拉瓦锡。起初她产生了一种怜悯，后来把这些怜悯打消掉了。她命令手下用冷水浇醒"这头睡着的猪猡"。（引号中是女王对拉瓦锡的最新称呼。）一盆冷水泼在拉瓦锡遍体鳞伤的身体上，拉瓦锡被迫翻了个身——他的身体有明显的浮肿，伤势不轻，这让女王差点儿又于心不忍。拉瓦锡醒过来以后，就全身蜷缩在一起，水浸湿了他的身体，所以他觉得非常的冷。

"女王来审讯你。"昨天晚上看守的人原来还在值班，真是辛苦。

拉瓦锡听到女王来了，慌忙睁开眼睛，他甚至想努力站起身子来。到现在为止，他还不知道正是女王把他弄到这个地方的，要他死的、要砍他脑袋的也是他眼前的这个女王，可是可怜的拉瓦锡——到现在为止还认为女王的到来会给他带来光明大道。

"女王啊，快告诉他们我是拉瓦锡——难道他们还不知道吗？我是国家的功臣，我是拯救国家的人。"浑身湿透的拉瓦锡用低沉的声音汇报女王，他试图站起来，可是无力的双腿依然无法支撑他。

"不，他们都知道你就是叛徒拉瓦锡。"女王冰冷地说，话语的分量很重。

拉瓦锡仰着脑袋，十分疑惑，仿佛街上的老鼠都变成了猫一样。此时此刻，拉瓦锡想象力极差，只能想到这一些。然后他谨慎地质问："女王为什么称呼我是叛徒拉瓦锡呢？"

"哼。哼。拉瓦锡，你太让我失望了。以前，哦，我是那么器重你，甚至……我以为，我曾经以为，你是我们国家的栋梁之材。怎么能想到，今天，你会背叛我，背叛这个国家？"女王气得发抖，又咳嗽了几声。

"我没有。"拉瓦锡努力喊道，"我哪里有做背叛国家的事情啊？"

"你勾结'捷克特'乱党。"女王的亲信气冲冲地数落拉瓦锡的罪状。

拉瓦锡在张皇失措之中终于明白，大概是说夏洛蒂的事情。这倒让拉瓦锡如释重负，觉得一切都明白了，觉得困扰人世的费马定理也证出来了一样，他胸有成竹地开口打算为自己辩护："哦，我想女王陛下产生了一个很大的误会……"

"哪里有什么误会？那个夏洛蒂，嗯，好像是这么叫的，是你的什么人？说。"亲信打断拉瓦锡的发言。

拉瓦锡从没有见过这么没有礼貌的人，他盘起双腿，心情又开始不爽起来："能不能让我先说完啊？她是我的同学……"

"就同学吗？"亲信再次打断。

"哦，好像你知道这一切似的。好，那就你来说好了。"拉瓦锡硬声硬气起来。

"我想让你来说。"女王沉稳地说。她终于开口了。拉瓦锡多么希望女王能说话啊。

"那好，女王，我对您说。她不仅是我的同学，还是我初恋的女朋友。可是十年不见了……"

"就在网球中心过了十年以后不期而遇是吧？"亲信得意地反诘。

接二连三地被打断，拉瓦锡有点儿恼火。但他的身体状况很糟糕，如果不是这样，如果他不是被关在大牢里，而是与这个可恶地打断他的亲信一起站在宽阔的乡间小道上，他非得摁住这个多嘴的家伙，猛揍一顿，狠狠地打，往死里打。因为他不能打这个多嘴的人，所以他沉默了。

女王看着拉瓦锡，她也许希望拉瓦锡给出一个能让她完全相信、让在场的人完全信服的理由和真相。她的心里面存了一个结，她希望拉瓦锡——眼前这个关在大牢里无助的可怜的人来解开这个结。

当拉瓦锡与女王再一次四目相会的时候，拉瓦锡鼓足勇气。他决定再次为自己辩解，只要说清真相。

"我的确是在网球中心，相隔十年之久后再一次碰到夏洛蒂的，并且当时我还不知道她已经是'捷克特'的人，怎么说呢？是后来她告诉我的，并且她杀掉了马拉——这个我跟商伯良都是亲眼看到的，你们可以去核实一下情况……"

"她怎么会告诉你她的身份？要知道，你是政府的人，拉瓦锡这个名字，无人不晓，谁都知道你就是那个带领政府军队打败英国人的那个……大名人啊。马拉？那不是革命党自己的人吗？自己人杀自己人？她有什么企图？不就是为了来蒙骗大家？"

"可是在革命党中也有派别啊……"

"——容不得你这个叛徒编谎话欺骗女王。"

"我哪里在说谎？"拉瓦锡义正词严，几乎愤怒地叫道。

"怎么了？分明是狡辩。到这个时候说话还这么嚣张。"亲信总是这样得意扬扬的。

"——住口。"女王勒令，"我已经知道这件事情的真相了，走吧。"女王转身就要离开，在离开之前，她着实认真地看了看拉瓦锡的脸，一张浮肿的再也看不到英俊的脸。当看到拉瓦锡惶恐或者尴尬的神情的时候，她也不知道自己究竟是什么样子的心情。她想苦笑一番，虽然这个场合很不适合她这样做。她还是走了，她觉得已经无须多说，一切都已经尘埃落定，都已经决定了。

拉瓦锡看到女王就要离开，焦虑地喊着："女王，请相信我。女王陛下……请听我说完啊，等一等啊。"

"呸。"亲信尾随女王离开之前，朝拉瓦锡吐了口唾沫，然后微微地狡猾一笑。

"等一等啊，为什么不听我说完呢？还有，我还没有说完呢……"拉瓦锡跪在那里哀求着，一直哀求着，直到女王终于消失在他的视线之外。接下来他只能失望地倒在地上了……等待他的只有死亡了。

铃声在此刻响起来，可是我还没有念完老师的讲义，是我讲得太慢了吗？——也不知道老师会怎么来念完它。对我而言，它实在是太长了。现在，我不知道该怎么处理余下的内容。我抬头看看教室里，空空荡荡的。第一排坐着几个还在整理书包的学生——是我的同学，今天成了我的学生。从厚重的书包看来，这些人读书认真，是祖国明日的希望所在。但是他们也要走了，我该怎么办？

"还没有讲完呢，要不要听下去啊，你们？"我问他们。

"可是，下课了呀。难道你没有听到吗？老师下课了就会放我们走的啊——你看，外面天就要黑了，风也很大。"有个女孩子腼腆地说。

"铃声是响了，可是老师要讲的内容，你看看。"我把讲义展示给他们看，还有很多的字，篇幅，纸张。一页，两页，我翻动着。嗯，有大概五六页的内容。"老师的课还没有完呢。"

"可我们要回家了呀。不然天黑了，爸爸妈妈要担心的。"一个胖胖的男生说道，语气就像一个小学生。我知道，平时这个孩子胆子就特别小。

"那怎么办？"我问。

只见他们都摇了摇头，没有任何建议，自顾自地整理书包。

"能不能把老师的讲义借给我看啊？"小女生问道。

"这个……"我迟疑。

"我也要。"胖男孩子说。

我考虑了一下："恐怕不行。"我不能把老师的东西随便给人，它是我的圣物。而且，一件圣物怎么能够分给几个人呢？

【21】（外补）

　　人都走了，一个紧接着一个消失，教室里真的空了。除了我，还有我的书包——它张开嘴巴坐在原先我的位置上。被我拒绝的那个女孩子气冲冲地摔门而出，也不知道为什么——也许我把自己想象成历史老师，然后把我的书包想象成我自己，真是太绝妙了。我得跑过去亲一下我的书包，因为它正在打量我呢。我也应该把课讲完。

　　我渐渐能够听到我的呼吸和我的心跳，看着窗外离散的人群，都滚吧。外面很冷，我也不想出门，我索性走到教室门口把门掩上——现在只剩下我和我的历史老师了。

　　我决定轻轻地默读老师最后的内容，读给我的学生听。很快，我有了一种愁肠郁结的心情。

　　我读道：

　　拉瓦锡在狭小的大牢里面痛苦地呻吟。（我读这一句的时候，声音微小，但是我很快有意识地加大了嗓门。可当我这样做的时候，又觉得自己是那样地孤单。没有听众，No audience。）大牢里面，死亡的奏鸣声四处飘荡……（我想，就像我现在的声音一样。）拉瓦锡看到了他头顶上那个通向光明自由的窗口，四四方方。他凝视着那个地方，很久很久，他的脸上维持着呆滞的目光。

商伯良几天都没有接到任何会议通知，也很郁闷。他脑子里经常嗡嗡的，饭也吃不香，觉也睡不好，做什么事情都缺乏兴趣。最近的几天，在凌晨时分也难以入睡，一旦迷迷糊糊睡着了经常要睡到中午，当中还有无数次惊醒，就像一个梦呓病的患者。

这天晚上（也就是女王探访拉瓦锡的那个晚上。）商伯良梦回埃及，居然把那段为了逃避女王而荒废的时光想象得非常美好，在梦里，故事的背景都是金黄色的。

在一片金黄色之中，他，还有拉瓦锡来到了埃及的开罗，他们非常兴奋地欣赏着异乡国土的奇特风景——高大的金字塔和强健的埃及妇女；

在一片金黄色之中，商伯良在清晨时分早早地起来，他看看睡熟中的拉瓦锡轻微的鼻息，马上依附上去在拉瓦锡的额头上吻了一口，吻得拉瓦锡满额头的口水，然后绽放出幸福的笑容；

在一片金黄色之中，他们两个人并肩走进神秘的金字塔内，一条小蛇从商伯良脚下经过，拉瓦锡用一根小棒小心翼翼地将小蛇引开，然后就朝着商伯良笑，傻傻的，张着一张没有门牙的嘴；

在一片金黄色之中，商伯良在一本墨绿色的笔记本上写道：我最最亲爱的拉瓦锡……

在一片金黄色之中，他们两个人共进午餐——此时，梦里的背景突然由金黄色变成了炭灰色，一个身材窈窕的黑皮肤女孩子手持弹弓出现在两人的面前。拉瓦锡冲上前去，商伯良极力想拉住他，可还是让拉瓦锡给挣脱了，他冲到了女孩子面前……

就在此刻，商伯良醒了，噩梦。他额头上充斥了汗水，真紧张。他嘴巴上还有口水，大概是做梦梦见吃饭的缘故，他饿了，便吩咐他的厨子炒几个小菜。

席间，商伯良回忆了一遍这个梦。由于睡眠很浅，这个梦对他来说印象很深刻。他觉得很好笑，但同时又多少有点儿伤感，伤感之余，他更为拉瓦锡担心了。

他得找到拉瓦锡，他是天才，他应该办到。吃完了饭，商伯良动身进宫去了。他四处托人，希望得到一点儿有用的信息。但是大多的回答是不知道，神情茫然，这说明这些人都没有撒谎。直到问到一个人，那个人也说不知道，但是神情很诡异，就是这半点儿的破绽，让天才商伯良逮住了。

"你紧张什么？你笑什么？你脸上的表情是什么？"商伯良看似轻描淡写，但是问题分量很重。

"吼吼，难道你都看出来了？"那个人给出这样的回答。

"是，我看出来了。你告诉我。"商伯良马上怒不可遏，原因是他心情焦急，没时间也没必要跟这个人耗下去。他冲到这个陌生人面前揪住了他的领子："你在紧张什么？"

"你真想知道拉瓦锡的下落，是吗？"那人不问自答。

其实商伯良也是瞎打算瞎发火，完全没有底。他个子小，揪领子也没有揪稳，甚至还要担心对方反过来把自己狠揍一顿。但他是少年天才，天才是如有神助的。被他揪住的那个人做贼心虚——他就是当初参与殴打拉瓦锡的流氓之一，也不知道商伯良的靠山。

天才对流氓说："那你还不赶快交代？"商伯良拿出削苹果的小刀，做进一步的逼问。

流氓回答天才："城东五公里，巴士底监狱。"

得到了满意的答复，商伯良马上收起小刀，放开流氓，往东面跑去。他不知道五公里是什么概念，但知道往东跑是对的，而且越快越好。他像一阵风一样，划穿巴黎的皇宫，或者说，像一颗流星划穿天际。

在商伯良就要离开皇宫的时候，整个皇宫突然警报四鸣，城门被关闭，城里的人都惶恐至极。

"发生了什么事情？"正要出城门的商伯良被意外地拦截，很气愤。他焦急地询问守城的士兵，并且主动交出证件。

"女王陛下要抓人啊。"士兵答。

"要抓的是谁啊？你看，我不是，放我出去。"商伯良说。

"现在不能放任何人出城。你知道，现在假证件到处买得到。"士兵说。

"可是，"商伯良十分懊恼，但他又知道跟这个人纠缠绝对没有出路，他让自己先安静下来，等待机会，也许会有机会，"女王要抓的是谁呢？"

"拉什么锡的，好像以前还是著名的大官，可是他背叛了国家。"士兵走上前，"看你这么急着出门，先把你抓起来再说。"说完就要制伏商伯良。

"喂，你搞什么？喏，这是我的证件。"商伯良辩解。

"跟你说现在证件到处打假，再说了，老子不识字，你少蒙我。"说完，一个大巴掌扇在了商伯良的脸上，扇得商伯良满地找牙。商伯良意外地受到打击，慌忙逃窜，幸亏他身体灵活，而且在这关节眼上，他看到了守城的官来了，大喊救命。

守城的官紧赶几步，挥手喊停，对这个脸上浮肿的小个子进行了仔细分辨。幸亏商伯良天生长相奇特，虽然被扇肿了脸，还是马上就识别了真伪。然后那个刚刚凶悍的士兵就倒了八辈子的霉，马上被残酷地带了下去，商伯良喊着要将他碎尸万段。

"要抓拉瓦锡，此事当真？"商伯良不顾脸上的伤痛，直接问那个官。

"是啊，我也是莫名其妙。想当年……不过这命令可是千真万确的。"

"谁传下来的？"

"是女王啊。因此我才认为是千真万确的。"

"哎。"商伯良大叹一口气便折回了皇宫，他就像一辆拖拉机一样在回去的路上留下了无数的叹气。也许是他早就料到了这样的结局，所以他基本上还是坦然的。

商伯良马上找到了女王。女王开门见山，说自己心情不是很好。商伯良认为她说心情不好的意思是要商伯良让她的心情有所好转。但这个时候商伯良也顾不了那么多，因为他的心情也不够好。两个心情都不好的人在一起必然是危险的，商伯良懂得这个道理，他尽量说话简洁。

"何故要砍拉瓦锡？"商伯良也觉得这个时候用不着废话了。

"他背叛了祖国，背叛了我。"

"证据何在？"

"人证是我的手下，物证是夏洛蒂。商卿，你今天不用为他求情，我已经颁发了通缉令，而且一经拿下就要将他立即处斩。我决心已下，你不会糊涂到认为我会收回成命吧？而且前面我已经说了，我心情不是很好，听不得啰里啰唆的废话。"

商伯良听见女王把夏洛蒂整个人说成是物证，又嫌自己的话是啰里啰唆的，（而回忆了一下自己刚刚说过的两句话没发现什么啰唆，不但不啰唆，而且无比简洁。）突然有种世间的逻辑学毁于一旦的感觉。（老师注：就像你目睹雷峰塔坍塌下来的一瞬间。）他笑了笑，给了女王一个飞吻，然后就离开了，女王坐在帘子后面，大概没有看到这个煽情的飞吻，所以商伯良说要离开，女王就说："走吧。"

商伯良满心的不平和懊恼，如何才能解救拉瓦锡？如何说服女王收回成命？如何解决心中的不平和懊恼？想了一会儿，他又想，为什么一定要营救拉瓦锡呢？自己现在不是好好的吗？可是这个没道德的念头马上就消失了，这就是一个品行高尚的人的反应。商伯良接着又想道：我此生的目的是为了让我的爱人开心和幸福，而不是为了我自己。想到这里，商伯良有种视死如归、大义凛然、无怨无悔、义无反顾的感觉，这是一种境界，好像自己就要亲临前线。

"都已经关进了巴士底监狱，还形式上宣布要抓一下，真荒唐。"商伯良还是那么义愤填膺，但他明白得很，这是一切政府的手段之一，而且大概一切都已经结束了。

第二天，商伯良接到命令说去搜查拉瓦锡的住处，命令上还说叛贼拉瓦锡已经被抓获了，并且嘱咐最好能搜出一点"可参考"的证据。也就是说，这些东西能够证明拉瓦锡果然是个叛徒。商伯良整了整行装，就来到了"拉府"，看到了"拉府"两个字，商伯良不禁声泪俱下。在拉瓦锡的房间里面，商伯良觉得每一件物品都是弥足珍贵的纪念物，需要好好地保藏——但是一帮废物却翻箱倒柜地把这些东西破坏得一塌糊涂。这次来搜东西，商伯良完全是被架空的，因为这些手下都完全不听他的指挥调度。例如，商伯良说："你，给我去打扫一下很久没有使用的卫生间。"那个"你"虽然是跑到了卫生间里面，但是没有拿扫帚和拖把，而是拿了一把铁锤，把里面给凿得千疮百孔，最后还屙了一堆大便在没有水的马桶里，弄得整个卫生间奇臭无比。又如，商伯良说："你，把床好好整理一下。"结果床就被翻了一个个儿，躲在床底下的老鼠和蟑螂都没有了藏身之处。商伯良看到这一切，都不忍心再看下去，只好一个人往门外跑。就在此时，里面一个凿卫生间的人叫道："搜出了一份重要的文件。"商伯良接过一看，又凄然地叹了一口气："想不到小拉把我的日记本如此珍藏……呜……呜……"商伯良不禁地抽泣起来。

在商伯良眼里，这世界上再没有一种感情能够超越珍藏爱人的日记本了。商伯良知道他的至爱现在身处巴士底监狱，而且处境艰难，但就是无法将他营救出来，他现在完全已经没有了实权，只是一顶浮游在空中的帽子。他此时的痛苦和郁闷，谁能明了？商伯良的眼眶里流不尽的泪水，将他整个人淹没，无法呼吸，他沉沉地倒在了地上……

女王要将拉瓦锡身首分离的那个中午，狂风大作，差点儿就要电闪雷鸣。尽管天气如此恶劣，还是有不少热心的观众前来捧场，观摩。他们就是想目睹一下风靡一时的人物拉瓦锡最后的境况。大家发现，拉瓦锡头发散乱，满脸胡茬儿，整个人软绵绵地挂在高高的平台上，随风起舞。他被五花大绑，形同一只大闸蟹，奄奄一息。旁边有一座高耸入云的绞刑架，还有一座铡刀，铡刀上写着：祖国不需要叛徒拉瓦锡。风吹过铡刀的时候，发出一种"呲哩呲哩"的怪声音，这种声音配合上这样的天气显得十分恐怖。小孩子们因此钻进了妈妈的怀抱，叫喊："妈妈，妈妈，我怕。"

"怕什么啊，那个叔叔不就是你喜欢的拉瓦锡吗？"说完之后就摸了摸孩子的脑袋，两眼泪汪汪，"我的偶像啊，真可惜。真惨。"

　　然后有另外一群人围上来，争先恐后地叹息："是啊是啊，真是的。"

　　"我的偶像拉瓦锡，就要在这里升天啦。"有人故作癫狂地叫喊着。

　　众人的叹息声音比风还强烈，形成一小圈旋涡。在这旋涡之上，有人在高高的主席台上宣布："叛贼拉瓦锡，行刑。"但是这声音，被风刮走了。此时的人们都饥肠辘辘，他们有的排了一个晚上的队伍才买到了一张内场的入场券，还有不少人在啃干面包。大家听到了这样一句语法不通，而且分贝低下的话，都抓耳挠腮："说什么呢？这算什么意思？"

　　在外场的人视线模糊，高高在上的拉瓦锡就像一粒黄豆出现在他们的眼前，那句不知道什么是主语的"行刑"也像袅袅之音。观众们实在是觉得不过瘾，大声尖叫道："拉瓦锡，你在哪里？"

　　内外场的人都集体呐喊："拉瓦锡，你在哪里？"

　　"拉瓦锡。拉瓦锡。"

　　"你在哪里？"

　　"拉瓦锡，你在哪里？"

　　……

......

　　我念了最后几句重复的口号，一切进入尾声，只有口号声在教室里来回晃荡。我翻了几遍讲义，都没有再看到任何有关的补充，也没有看到老师用红钢笔写的注解，所以我认为，老师的课只能停留在这里了。我在默读老师的每一个字的时候，都不觉得累；读完之后，就觉得累了。外面已经是一片漆黑……

　　我的双腿由于站得太久而变得麻木。这一刻，我看到了故事的结局，一切都已经结束。我甚至能看到老师写下最后几个字时的场景，他一定紧紧握住笔，满脸的泪水。是的，我看到了泪水曾经来过的痕迹。我看到了这一切，但是，我的老师，您现在在哪里？

　　我趴倒在一片漆黑的讲台上。

【21】

　　最后一周是考试的日子，人人都忙得喘不过气来，争相赶赴各个考场。只有"世界近代史"这门课是用不着考的，同学们敷衍了事地写了点儿感想，然后把这些感想投进了历史办公室。以后就把这件事情完全地忘记了，没有人还会记得我相貌堂堂的老师。

　　考试完毕以后是一个崭新的假期，我们对假期的展望和憧憬总是无限的。没有了老师的消息，我度日如年。我每天都去老师那里，希望能收到一点儿消息，可是毫无所获。我孤零零地站在门口，面对这人去楼空的屋子，我的脑子里什么都不想，我整个就是一副痴痴呆呆的样子。放了假我就得回去了，所以，我以后再也不能来这里守候了。

　　但我还是守候了一天，两天，三天。

　　第三天的黄昏，我把这本厚厚的讲义连同自己一个学期的笔记本子轻轻地堆放在老师的门口，举起脚步，转身消失在一片黑影之中。